予言された悪役令嬢は小鳥と謳う2
~王子になった専属執事に「俺は君を諦めない」と言われました~
Hana Yoshitaka
吉高花
illust. 氷堂れん

セディユ・
コンウィ
ギャレット・
ブレイス
(サーカム・アクセンブル)
アスタリスク・
コンウィ

Characters
フラット・アクセンブル
グラーヴェ・レガード
フィーネ・スラー
レガード侯爵

Contents

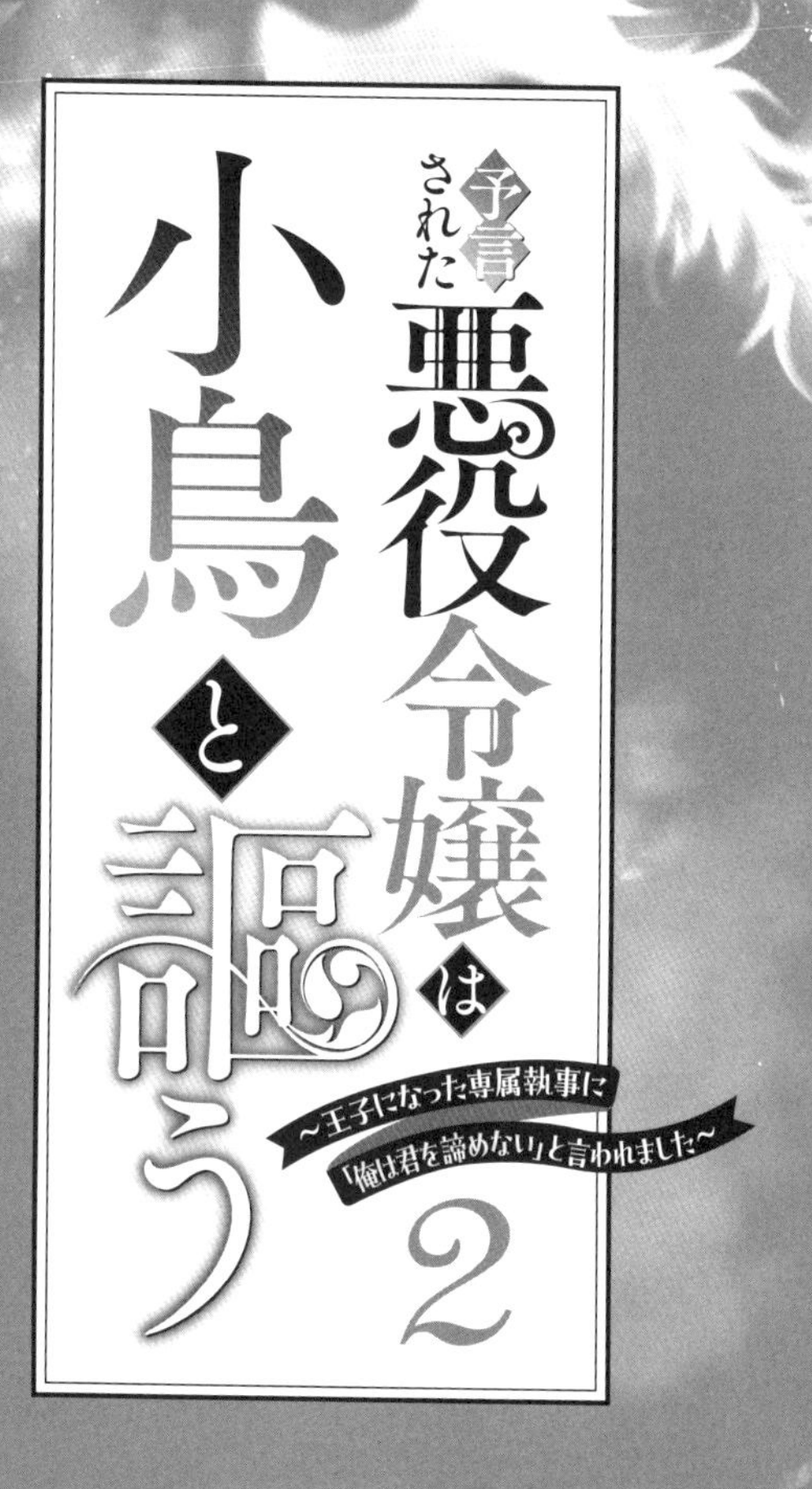

Hana Yoshitaka
吉高花
illust.
氷堂れん

プロローグ

Prologue

「せっかくあそこまでお膳立てしてやったのにこのざまか！　ふざけるな！　全てがパアじゃないか!!」

青筋をたてて怒鳴り散らす主人に、使用人どころか家人も、誰も近寄らなかった。

こうなるともう手がつけられないのだ。

その怒りを買った人物は、近い将来破滅するだろうと誰もが確信した。

だが意外なことに、そうはならなかった。

彼は怒りの嵐がおさまると、鋼の意思と理性で計画を立て直しはじめた。

このために長い間計画してきたのだから、ここで諦めるという選択肢は彼にはなかった。

ただし周りの人たちがそのことを知るのは、もっと先のことである。

第一章 婚約の中止

Chapter 1

華々しく社交界にデビューした第一王子サーカム・ギャレット・アクセンブルの噂は、またたく間に国中を駆け巡った。

今までずっと秘匿されてきた第一王子。

長い間姿を見せずその存在だけが知られていた王子が、完璧な姿でとうとう現れたのだ。

たいへん賢い王子であると胸を張って語ったのは、長年国の宰相を務めるコンウィ公爵だった。

サーカム・ギャレット王子は社交界デビューの前からすでに政務に携わっており、一年の間その優秀な判断力と豊富な知識をもって誠実に、精力的に仕事をしてきたことが宰相の口から語られた。

それと同時に社交界で初めて見せたそのりりしくも美しい姿に、その場にいた全ての女性が夢見心地になったという。

しかし彼は、心から愛するさる令嬢との婚約が近いと噂されている――

「――ですって。べた褒めですね！　まあギャレットさん、格好いいですもんね！　それに姉さまのことも書いてあるんですよ！」

「セディユ……なんで公爵家嫡男であるあなたがそんなゴシップ新聞なんて読んでいるの」

「だって姉さま。これがギャレットさんの社交界デビューの様子を一番たくさん載せている新聞だったんですよ……」

「ゴシップ新聞なんて、本当のこと以外にもいろいろ書くものでしょう。だからたくさん書いてあるのよ。私のことだってまだ何も正式には決まっていないからぼかしてあるのだし。あなたはもう少し真面目な記事をお読みなさい」

「でも真面目な新聞になるほどそっけないんですよ。単に『第一王子、社交界にデビュー』くらいしか書いていないのばっかりで」

「でもそれが事実なのよねえ」

アスタリスク・コンウィ公爵令嬢は、そう言いながらも無事学友だったギャレットが社交界にサーカム・ギャレット第一王子としてデビューしたことに安堵していた。

ついこの前まで王立学院でアスタリスクと一緒に行動していた、心強い友人。

この国最大のブレイス商会の跡取り息子だと思っていた彼は、なんと第一王子だった。

身分差のせいで諦めていた彼との未来が、突然目の前に開けた時には心から驚いたし、そしてなによりも嬉しかった。

彼が第一王子という立場に戻ってアスタリスクにプロポーズしてくれたときは、人生で一番幸せだったと今でも思っている。

彼と一緒に、この先ずっと一緒にいてもいいのね。

そしてそれを彼も望んでくれたなんて。

そう知ったときの嬉しさは、言葉にできないほどの喜びだった。

こんな結果になるなんて、誰にわかっただろう？

（あのときフラット第二王子に断罪されるままにならなくて、本当によかった）

アスタリスクは心からそう思い、ギャレットと一緒に困難を乗り越えられたことを喜んでいた。

あとは、その第一王子の立場を取り戻したサーカム・ギャレットとアスタリスクの婚約が正式に発表されれば、晴れて二人はずっと一緒にいられるだろう。

宰相でもある父のコンウィ公爵からは、王陛下と王妃陛下も喜んでくださっていると聞いている。

アスタリスクの公爵令嬢という身分は王家に嫁ぐのに何の問題もない。

その証拠に、アスタリスクはかつて第二王子フラットの婚約者でもあったのだから。

そのフラット殿下がフィーネ男爵令嬢と恋仲になり、アスタリスクとの婚約を一方的に破棄してくれたのは、今となってはありがたいことだった。

どんなに嫌でも、さすがに王族との婚約解消をアスタリスクの方から言い出すことはできないのだから。

王宮から帰宅した父であるコンウィ公爵に呼ばれたとき、アスタリスクは翌日の王宮での正式な婚約発表パーティーを前に、早めに就寝しようと思って準備をしていたところだった。

明日のために、サーカム・ギャレットの瞳と髪から黒をもらって繊細な黒いリボンを上品にあしらった真っ白なドレスをあつらえた。

だから二人が並んだら、しっくりと馴染んでくれるだろう。

アスタリスクはギャレットのためにドレスを作れることが嬉しかった。

彼と並ぶためのドレスを堂々と着られる日が、ついこの前までは永遠に来ないと思っていたのだから夢のようだ。

だから暗い顔をした父から、

「アスタリスク……残念だか、明日の婚約発表は中止になった」

そう沈んだ声で言われたとき、アスタリスクははじめ、何を言われたのか理解できなかった。

全ての準備は完璧に整っていたはずだ。なのに。

アスタリスクが心待ちにしていた幸せな世界は、一瞬で、あっさりと砕け散ってしまった。

貴族という人種は、派閥を作るものだということはアスタリスクも知っている。

その派閥争いを勝ち抜いてきたからこそ父であるコンウィ公爵は宰相という、いわば貴族として最高の地位を獲得していることも。

その父が、つい一年前まで第二王子派閥の中心人物だったのは事実だ。

だからこそ娘であるアスタリスクは第二王子の婚約者となったのだ。

だがフラット第二王子はフィーネ男爵令嬢に目がくらみ、酷い言葉とともにアスタリスクを捨てた。

それに伴いコンウィ公爵も第二王子派閥から抜けた。

その後最初は中立という立場を保っていたコンウィ公爵が、実はひそかに一年の間、第一王子の執務をサポートをしていたことが今は明らかになっている。

そして最近では娘のアスタリスクがサーカム・ギャレット第一王子からプロポーズされたことを受けて、宰相も正式に第一王子派閥であることを公私で表すようになっていた。

今や第二王子派閥は、フラット第二王子の独断によるアスタリスクとの勝手な婚約破棄騒動と、その後の一貫して誠意のない態度に勢いが陰っていた。

今まで第一王子が全く姿を現わさなかったせいで、ただ一人のまともな王子として次代を期待されていた第二王子は、第一王子の華々しい登場とともに明らかに立場が悪くなっていた。

アスタリスクとギャレットの仲は、王立学院の中ではギャレットがアスタリスクの専属執事と揶揄されるくらい一緒にいる、仲の良い二人だというのが当たり前だった。

だから、今さら二人が立場を変えて恋仲になっても誰も不思議には思わなかった。

事実ギャレットがプロポーズをしてアスタリスクがそれを受けたときは、学院の生徒たちみんなが祝福してくれたのだ。

だが。

コンウィ公爵は苦虫をかみつぶしたような顔で言った。

「レガード侯爵が、とにかく猛烈な勢いで反対しているのだ。第二王子の婚約者だった人間を第一王子の婚約者にするのは不適切だと」

レガード侯爵は昔からの第一王子派閥で、かつその筆頭だった。

「私がかつてフラット殿下の婚約者だったから、ふさわしくないと？」

「そう。一度はフラット殿下と添い遂げるつもりだったのに、まるでやっぱり第一王子の方がいいと乗り換えたように見える。それはとても軽薄な行動だと」

レガード侯爵は言ったそうだ。

『王になるのでしたら、サーカム殿下は信頼できる臣下を何よりも大切にするべきでしょう。それはまさに、長年殿下を支持してきた我らのことでございます。その我々を蔑ろにするとは大変に心外！』

『殿下が我々を差し置いて、かつて弟君の婚約者だった人物を妃にするなど、とうてい納得がいきません！』

『第一王子の妃となる者は、長年第一王子をお慕いし支えてきた我ら第一王子派閥貴族の家から選出するべきです。間違っても長年第二王子に通じていたような人物ではない！　たとえば我が娘の方が、コンウィ公爵令嬢より何倍もサーカム殿下に相応しいはずです！』

そう言って大勢の貴族たちを味方につけ、とうとう国王陛下にまで訴えたらしい。

第一王子派閥の貴族からしてみたら、つい一年前まで第二王子派閥の筆頭だったコンウィ公爵家から妃を出すというのが許せないということだ。

そして第二王子派閥からしてみたら、コンウィ公爵が娘を王妃にするためにあっさり第一王子に鞍替えしたようにも見えるのだろう。

その結果、たくさんの貴族たちからやんやと抗議された国王陛下は、熟慮の末に明日予定されていたパーティーでの婚約発表を中止することに決められたという。

そのような空気の中で婚約を強行するのはよくないということは、残念だがアスタリスクも理解できた。

明日のパーティーは普通の王家主催のパーティーという位置づけになり、一足先に学院を卒業して社交界にデビューした第一王子サーカム・ギャレットは予定通りパーティーに出席するが、まだ学院を卒業していなくてデビューもしていないアスタリスクは出席不要と伝えられたとのこと。

アスタリスクは、足下から地面がガラガラと崩れていくような気がした。

「……わかりましたわ、お父さま。陛下のご判断に従います」

そう言うのが精一杯だった。

声が震えていたが、それはどんなに頑張っても止められなかった。

「アスタリスク、私の力不足ですまない。私が最初からサーカム殿下を支持していれば……」

父はそう言ってくれたけれど、それは無理だっただろうとアスタリスクは思っている。

ギャレットは、いや第一王子サーカム殿下は、本来ならば自分は暗殺されていたはずだと言っていた。

だから、ブレイス商会の息子ギャレットとして身を隠していたのだと。

そのせいで、つい最近まで亡き前王妃の息子である第一王子の存在感は、ほぼなかった。

誰もが事実上唯一の王子として、第二王子フラットが次期国王になるのだと思っていた。

だからそのときに当時一番権勢を振るっていた貴族でもあった父が、圧倒的最大派閥の第二王子派を敵に回してでも第一王子を支持する理由など皆無だったのだ。

まさか本来ならばとっくに暗殺されていたはずの第一王子に前世の記憶があって、自分の暗殺される未来だけでなくアスタリスクがフラットに断罪追放される未来までをも変えるとは、誰も予想もできなかっただろう。

少なくともアスタリスクがフラットと婚約した十年前には、誰もそんな未来がくるとは想像さえしていなかったはずだ。

今のこの状況は、誰も予見できなかったものだ。

さらにはアスタリスクがギャレット、いや第一王子サーカム殿下と相思相愛になるなんて、当のアスタリスクでさえも考えたこともなかったこと。

「お嬢さま、お手紙が届いております」

自室に戻ったアスタリスクに突然、侍女がそう言って一通の手紙を持ってきた。

こんな夜遅くに？　誰から？

そう思って差出人のところを見ると、そこには王家の紋章と、サーカム殿下のサインが入っていた。

慌てて手紙を開封する。すると。

――このようなことになって申し訳ない。だが俺は君を諦めるつもりはない。だから、待っていてほしい。必ず迎えに行きます――。

急いで書いたのかもしれない。そんな短い走り書きが書かれた手紙だった。

でもその手紙が届いたことで、彼が心変わりしたのではない、そう思えてアスタリスクは心強かった。

アスタリスクの年齢で、まだ婚約者さえも決まっていないのは遅いと言われるかもしれない。これ以上遅くなったら、もう行き遅れと呼ばれ結婚相手も現れないかもしれない。

でも。

（私も、できるだけのことをしましょう）

この先も彼と一緒にいられるように。

同じ未来を見つめられるように。

今は彼を信じることしかできないけれど。

結局最後まで彼と結ばれない未来もあるかもしれないけれど……。

(それでもきっと私は、後悔はしない)

そもそもギャレットがいなければ、今頃はこの国を追放されて公爵令嬢という身分もなく、どんなみじめな人生を送っていたかもわからない。

最悪の場合はもう生きてもいなかったのだ。

そう考えれば婚約を反対されたくらい、どうということはない。

そう気を取り直して、翌日にはアスタリスクはまた王立学院に戻った。

貴族の子弟が大半のこの学院では、きっともう今回の事情を多くの生徒が知っていることだろう。

なにしろ貴族の中で噂が広まるのはとても早いのだから。

アスタリスクは「また」、「婚約者に捨てられた可哀相な人」になってしまった。

第二王子だけでなく、第一王子にまで捨てられた人。二度も婚約を事実上破棄された令嬢。

もう貴族令嬢としての評判は地に落ちて、一生挽回できないところまできたと言えるかもしれない。

でもだからこそ今は、毅然と、姿勢を正して堂々としていなければならない。

私は、全く傷ついてなんかいないと、その態度で示さなければならないのだ。

アスタリスクと常に一緒にいて、こういうときには必ず味方をして慰めてくれたギャレットはもういない。

心強い「専属執事」はもう隣にいないのだから、アスタリスクは一人で戦わないといけなかった。

「姉さま！　僕はずっと姉さまの味方です！　それを忘れないでくださいね！」

一緒に学院に戻るときにそう言ってくれた弟セディユの気遣いは嬉しかった。

でも学年の違う弟は、クラスの中までは一緒にはいられない。

クラスの中でも一番の高位貴族であるアスタリスクに、普段から気軽に声をかけてくる生徒は少なかった。

（このまま静かに過ごしましょう）

貴族というものは、噂やゴシップが大好きだ。

でも静かにしていれば、きっとまたそのうち次のゴシップに関心が移るはず。

それまでまた前のように、静かに大人しくやり過ごせばいい。

そう思っていたのだけれど、なんと教室の席に着いてしばらくするとアスタリスクに声をかけてきた人がいた。

「いろいろ大変のようですが、大丈夫ですか？」

それは、ランドルフ侯爵子息だった。

「まあランドルフさま、お気遣いありがとうございます。でも、私は大丈夫よ。一昨年に比べたら、全然」

アスタリスクは微笑んで答えた。

それは、本心でもあった。

そう。今回は残念だったけれど、前のフラットのときのようにギャレットから酷いことを言われたわけでも、手ひどく振られたわけでもない。

なによりギャレットが他の女性を選んだわけでもないのだ。

ギャレットから「待っていて」と言われただけでも、あのときとは天と地ほどの差があるではないか。

「それでも悲しい思いをされているのではと心配していたのです。でもあなたの笑顔を見ることができてよかった」

ランドルフはそれでも優しい笑顔を向けてくれた。

サーカム・ギャレット第一王子のプロポーズをアスタリスクが受けたことで、事実上ランドルフ侯爵家嫡男である彼との縁談は白紙になっていた。

それについてランドルフ侯爵家が文句を言うこともなかった。

王家の意向に逆らう貴族などいない。

より格上との縁談の話があった時点で、格下との縁談は消し飛ぶものだ。

それでもランドルフはそんな因縁を全く感じさせない変わらぬ態度で今もアスタリスクに接して

くれたので、アスタリスクにはとても有難かった。

ただランドルフ侯爵家との縁談も白紙になっている今、この先ギャレットとの婚約が整わなかった場合、もうアスタリスクは誰とも結婚できないだろう。

なにしろ王子との結婚話が二度もご破算になったのだ。

いったいどれだけの悪女だと思われるのだろうか。

この国の令嬢で、ここまで派手なスキャンダルを抱えることになった人は今まで恐らくいないだろう。

この状況では、第二王子から第一王子へ乗り換えようとして失敗したと言う人もいるかもしれない。

事実とは全く違っても、そんな印象を与えてしまっていることは薄々自覚していた。

「私がフラット殿下と婚約していたのは本当ですもの。それは消せない事実だわ。だからそのせいで私がサーカム殿下に相応しくないと思う方がいても仕方ないと思うのよ」

でもいざそう言葉にしてみたら、思っていたより悲しかったけれど。

今ここに去年のようにギャレットがいて、そんな自分の憂いを前のように笑い飛ばしてくれたらどんなに良かっただろう。

だけれど、もう自分の隣にあの大好きな専属執事はいない。

彼はアスタリスクの一番近くにいたはずなのに、そしてこれからもいてくれると思ったのに、あっという間に一番遠くの手の届かない所へ行ってしまったような気がした。

まだ学生のため普段は学院の寮で暮らすアスタリスクと、今は王宮に住む第一王子が気軽に会うことはできなかった。

正式に婚約者になっていれば会いに行くこともできたかもしれないが、今はただの一介の貴族令嬢なのでそれもできない。

今はせいぜい手紙をやりとりするくらいで、でもそれもいつどこで誰がのぞき見するかわからないためにあまり赤裸々(せきらら)なことは書けなかった。

ついこの前まではこの学院内や学院の森で毎日のように気軽に会えていたことを考えると、あまりにも状況が違ってしまった。

王族の結婚は、恋愛感情だけで決められるものではない。高貴な身分には責任が伴うのだから。

どんなにギャレットがアスタリスクを望んでくれたとしても、状況によっては他の人と結婚する可能性があることをアスタリスクは知っている。

突然他の有力な貴族令嬢や、場合によっては外国の姫と結婚することになってもおかしくないのだ。

王族が自由恋愛で結婚することの方が珍しいだろう。そもそも政略結婚が基本なのだから。

そんなことを考えて悲しげな顔をしたアスタリスクを見て、ランドルフは珍しく不機嫌そうな顔になって言った。

「あれはレガード侯爵が意地を張っているだけですよ。レガード侯爵は昔からの第一王子派筆頭ですが、それは第一王子殿下を見込んでのことではなく、単に頭の弱い王子を傀儡(かいらい)にして自分が実権を握ろうとしているからだというのは有名な話です。より確実に第一王子を操るために、自分の娘と結婚させようと今までも手を回して他の縁談を全て断っているとも聞きます。ですから今回も、同じようにただ自分が実権を握れなくなるので反対しているのです」

「まあ、そんな話が……？　私、そこまでは知らなくて」

「あなたは長らくフラット殿下の婚約者でしたからね。それに前評判通りにフラット殿下が王位を継げば、そんなレガード侯爵の夢物語は夢のまま消えるはずだったのです。ですが今は状況が変わりました。今回のチャンスを逃さないためにレガード侯爵は必死なのでしょう」

必死というのは、サーカム・ギャレット第一王子を次の王にすることに必死……ではなくて、その第一王子をいかに手中に収めて操るかということに必死なのだとアスタリスクは理解した。

なにしろ今や、王位継承争いは第一王子が有利と言われはじめたのだから。

フラット第二王子は兄が華々しく登場したことに不満たらたらで、不機嫌な態度をとっては当たり散らし、各方面に迷惑をかけていると聞いている。

着々と宰相や大臣を味方につけて政務にいそしむ第一王子とは対照的に、今でも政務を嫌がりよく仕事もさぼっているとか。

「そんなもの周りがやればいいことだろう！　それが側近の仕事だろうが！」

頻繁にそう言って姿をくらますとか。

アスタリスクを捨ててまで妃に迎えようとしていたフィーネが二度にわたってスキャンダルを起こしたことで、フラットの妃には相応しくないと判断されていることがさらにフラットの機嫌を損ねているようだが、それはもう自業自得ではとアスタリスクは思っていた。

「そういえばレガード侯爵にはお嬢さんがいらっしゃると聞きました。レガード侯爵はそのお嬢さんをギャレットの妃にしようと思っているということよね？」

昨日、父から聞いた話をランドルフにしてみた。

ランドルフはどこまで状況を知っているのだろうか。

そう思って聞いてみたら、ランドルフはちょっと気まずそうな顔をして答えた。

「そのようですね。昔から殿下と同じ年のグラーヴェ嬢との縁組みを望んでいるという話です」

「グラーヴェさまという方は、どんな方なのかしら？」

「すみません、私もお会いしたことがないのでよく知らないのです。我が家はずっと中立だったのでレガード侯爵家とは繋がりがなくて」

ランドルフは申し訳なさそうな顔をした。

そんなランドルフを見て、アスタリスクは慌てて言った。

「まあ、謝ることではありませんわ。我が国の貴族は、派閥が違うというだけで繋がりが薄くなるものなのですから。私もレガード侯爵家のことは何も知りませんでしたから一緒です」

そのときふと、数少ない中立派を保ってきていたランドルフ侯爵家の嫡男がこうしてアスタリスクと一緒にいると、ランドルフ家が第一王子派になったと思われるのでは、と心配になった。

だがそう言うとランドルフは、驚いたような顔をしてから言ったのだった。

「私がこれまであなた方のことを間近で見てきて、まだ迷っているとお思いですか？　今やサーカム殿下は顔も知らない王子ではありません。私にも正しい判断力があると自負しています。あなたを泣かせるような王子ではなく、あなたを笑顔にしてくださる王子を支持するに決まっているではありませんか」

ランドルフはそう言うと、アスタリスクに向かってにっこりと微笑んだ。

アスタリスクはランドルフが今までの立場を変えて、サーカム・ギャレットの味方になると言ってくれたことが嬉しかった。

ランドルフ侯爵家は中立から第一王子派になったのだ。

しかもそれはレガード侯爵とは違って、純粋にサーカム・ギャレット第一王子という人間を評価して応援してくれるようになったのだということが、アスタリスクにはとても嬉しかった。

「ねーえーさーまー！　今から一緒にお散歩をしましょう！」

それから数日が経ったある日の放課後。

走って来たのか息を切らして教室に走り込んできたセディユが、アスタリスクにそう叫んだ。

「お散歩？　突然どうしたの？　あなた、お散歩が趣味だったわけではないわよね？」

「趣味ではありません。でも！　今！　僕は猛烈に姉さまと一緒に散歩がしたいのです！」

セディユはそう言うと、ぐいぐいとアスタリスクのことを引っ張ってアスタリスクを教室から出した。

かわいい弟の願いなので、アスタリスクも断る気は毛頭ない。

でもあまりにも突然なので驚いたのだ。

「お散歩って、どこに行くつもりなの？　そんなに急がなくてもいいんじゃない？」

「いいえ！　急ぎましょう！　限りなく早く行きましょう！」

「どうして⁉　何か急ぐ理由があるの⁉　どうしたの⁉」

一心不乱に姉を引きずる弟とほぼ引き摺られ有無を言わさず連行されている状態の姉の姿は、周りの生徒たちをたいそう驚かせているだろうと思われた。

だが最近少し大人っぽく成長してきたセディユの力は強く、アスタリスクの力では抗(あらが)えなくなっている。

アスタリスクは必死にセディユについていった。

そして延々と歩いて向かった先は、懐かしい学院の裏にある森だった。

そして驚いたことに、その入り口にはランドルフの姿まであって。

「ランドルフさま？　一体どうしたのです？　ここに何かご用事が……？」

驚いたアスタリスクが引き摺られながらもそう聞くと、ランドルフは複雑そうな笑みを浮かべて言った。

「ええ用事と言えば用事です。アスタリスクさまはどうぞこの先へお進みください」

「え？　ランドルフさままで？」

「ねえさま！　早く行きますよ！」

「えええ⁉」

容赦のないセディユのせいで、ランドルフとの会話もそこそこに森に引きずり込まれるアスタリスク。

引きずり込んだのが弟だからいいものの、それでもなんだか戸惑うばかりのアスタリスクだ。

なにしろここは、ギャレットとの思い出の森なのだから。

毎日彼と会っていた森。

この森の奥で微笑みながら待っているギャレットの姿が見えたときの幸せな気持ちを、今でもまざまざと思い出せた。

今はもういないギャレットを恋しく思ってしまうから、アスタリスクは今の学年になってからはあまりこの森に来ることはなかったのに。

――あ！　あすたーだ！

――ほんとだあすたーだ！

――あすたーひさしぶり！　おやつもってきた？

――おやつある？

――あすたーおやつちょうだい！

――おやつー！

とたんにレジェロたちが集まってきて、アスタリスクの周りを飛んではおやつをねだりはじめたのがちょっぴり懐かしかった。

「みんな久しぶりね。でもごめんなさい、今はおやつはないの」

セディユに引き摺られながらもアスタリスクがそう言うと。

「あっねえさま、はい、これおやつです！　でも今はまだ開けないでくださいね！」

「セディユ？　どうしてこんなに用意がいいのよ。いつからここに来る予定だったの？」

――なになに、おやつ？

――おやつおあずけ？

――おやつほしい！　いますぐほしい！

レジェロたちはアスタリスクの周りを飛びながらそわそわしている。

しかしアスタリスクはセディユに腕を引き摺られているので包みを開けることができなかった。

「セディユ、どこまで行くの。そろそろ理由を――」

その時、森の小道の先に懐かしい人が立っているのをアスタリスクは見つけた。

「え……ギャレット……？」

戸惑いと嬉しさで狼狽えるアスタリスク。

そんなアスタリスクからぱっと腕を放すと、セディユはギャレットにもアスタリスクと同じような包みを押しつけた。

「殿下、姉をお連れしました！　そしてはい、これは殿下の分の鳥のおやつです！」

セディユはそう言うと、では！　と言って逃げるように来た道を戻って行った。

――あれもおやつ？

――あすたーおやつ！

――これだれだっけ？

――これはたぶん、ぎゃれー！

――そうだぎゃれーだ！　おやつのぎゃれーだ！

そう言ってうるさく鳴きながら周りを飛んでいる小鳥たちの下で、アスタリスクはとても久しぶりにギャレットの顔を見つめていた。

懐かしい、会いたくて仕方がなかった愛しい人の顔。

「お久しぶりです、アスタリスクさま」

そう言って、かつての「専属執事」のときと同じように微笑んで軽く礼をするギャレットの姿は、最近のことが全て夢だったのかと思わせるくらい懐かしいものだった。

「ギャレット……いえ殿下、こんな所でどうしたのです？　お忙しいのでは」

「時間を作りました。あなたに会うために。私は……いえ俺は、あなたにどうしても会いたかったのです」

そう言うとギャレットは、アスタリスクのすぐ近くまで来てアスタリスクの顔をまじまじと見つめた。

その顔はとても嬉しそうな、アスタリスクにとってもとても忘れられない、ずっと見たかった顔だった。

二人は時が止まったように、ひたすら相手を見つめた。

久しぶりにギャレットの体温と匂いを間近に感じて、アスタリスクは幸せだった。

愛しい人。

会いたくて仕方がなかった人。

「……私も会いたかったわ」

アスタリスクが感無量でそう言うと、ギャレットがもう我慢できないというようにいきなりアスタリスクのことを抱きしめた。

懐かしい、彼の熱と匂いが力強くアスタリスクを包む。

（ああ、このまま時間が止まればいいのに）

アスタリスクはサーカム・ギャレットの胸に埋もれて、そう心から願った。

「アスタリスクさま……！」

「ギャレット……」

アスタリスクも万感の思いを込めてギャレットを抱きしめ返す。

両手で力一杯ギャレットのことを感じられることが、彼がここにいると感じられることが何よりも嬉しかった。

——あすたーおやつは？

——おやつはやくー！

——おやつどこ？

——ぎゃれーなにしてるの？

しかししばらく周りをそわそわと囲んでいたレジェロたちが、とうとう二人の肩や頭に止まって盛んにおやつをねだりはじめると、思わずアスタリスクは吹き出した。

鳥たちにはアスタリスクたちの感動などどうでもいいようで。

「ごめんなさいね、レジェロたち。さあ、おやつをどうぞ」

アスタリスクがギャレットの抱擁を解いてセディユから受け取った包みを開けて地面に置くと、レジェロたちは口々にお礼を言いながら一斉にその包みに向かっていった。

——おやつだ！

——おやつおいしい！

——あすたーありがと！

その様子にギャレットもとうとう笑いながら、やはりセディユから受け取ったおやつの包みを開いてアスタリスクの置いた包みの隣に置く。

——あ！　ぎゃれーのおやつ！

——ぎゃれーありがと！

——おやついっぱい！

「後でセディユにお礼を言わなければ。鳥たちのおやつまで用意してくれたなんて」

「そうですね。そうしないと鳥たちが俺たちの邪魔をすると思ったのかもしれません。なかなか気配りのできる弟君です」

「自慢の弟……と言いたいところだけれど、その弟に命じて私を呼ばせたのはあなたね」

「俺が学院に正面から乗り込むと面倒なことになりそうだったので。たくさんの人が見ている前であなたを抱きしめたら、うるさい輩がいるんですよ。でもこうして抱きしめない自信もなかった」

おやつを置くと、ちゃっかりまた両腕をアスタリスクに回して満足げにサーカム・ギャレットはそう言った。

「そしてまた噂があっという間に広まるのね。それはちょっと恥ずかしいわね」

そう言うと、アスタリスクもサーカム・ギャレットの腕の中でくすくすと笑った。

なんだか去年、いつも一緒にいたときと同じ空気を感じて、アスタリスクはとても幸せな気分になった。

懐かしい、人生で一番幸せだったころの思い出。

「アスタリスクさま……今回のことは本当に申し訳ないと思っています。俺が力不足だったせいで」

見上げると、ギャレットが真面目な顔になってアスタリスクを見つめていた。

「殿下、私に敬称は不要ですわ。それに、いいのです。あなたは精一杯できることをしてくれたのでしょう？」

アスタリスクは父から、レガード侯爵の主張にサーカム・ギャレットが強い口調で反論したことを聞いていた。

自分はアスタリスク・コンウィ以外と結婚する気はないと宣言したのだと。

「貴族たちにはそれぞれに思惑（おもわく）があって、こちらが理詰めで話をしても頷くとは限らなくて厄介です。でも俺はあなたとしか結婚する気はないし、その考えはこれから何があっても変わらない。それだけは信じてください」

ギャレットはアスタリスクの目を見つめて真剣な顔だった。

アスタリスクはその気持ちが嬉しかった。とても。

でも、だからこそアスタリスクは言わねばならなかった。

「もちろん信じています。あなたの気持ちを疑ったことなんて、あの卒業パーティーの日から一度もないわ。でもあなたが周りの貴族の意見を無視することができないのもわかっています。あなたがいつか王になるのなら、臣下はとても大事ですもの」

悲しいことに、自分は第一王子の結婚相手にはふさわしくないとされてしまった。

それをわかっているから、ギャレットに結婚の約束を守れとは言えないアスタリスクだった。

「時間はかかるかもしれない。でも必ずなんとかする。だから……それまで待っていてほしい」

ギャレットがアスタリスクをまた強く抱きしめて、アスタリスクの頭に自分の額を押しつけながら、絞り出すように言った。

「わかったわ。待ってる。私はずっと待ってるわ。だから安心して……」

そんなギャレットの体を、アスタリスクも強く抱きしめ返してそう答えた。

自分に何ができるかはわからない。

でも、思いつく限りの努力をしよう。

少しでもこの人と一緒に生きられる未来が来るように。

もしも最後は願いが叶わなくても、後悔なんてしないくらいに。

「殿下、そろそろお時間です。お戻りください」

アスタリスクの後ろに、突然人が現れてそう言うのが聞こえた。

「もう少しいいだろう」

顔を上げたギャレットが少しムッとしたように言った。

「いいえ。そろそろ向かわなければ会議に間に合いません。馬車を待たせていますのでお急ぎください」

アスタリスクが振り返ると、そこにはギャレットの部下なのだろう人が立っていた。

こんな場面になると、改めてギャレットはもう、王子という遠くの立場になってしまったのだとしみじみと実感してしまうアスタリスクだった。

ギャレットの部下が登場したことで、アスタリスクは幸せな夢の世界から現実の世界へとあっという間に連れ戻されたような気がした。

けれどもまだ去りたくないと言うようにギャレットの手はアスタリスクから離れない。

そんなギャレットの手の温かさが彼の気持ちを表しているようで、こんなときでもアスタリスクは嬉しかった。

でも、現実に立ち返ったアスタリスクは言わなければならない。

「ギャレット……いえ殿下。お仕事に遅れてはいけませんわ。どうぞ行ってください。ちゃんと約束は守りますから」

この人は忙しい人なのだ。

なのにこうして私と会うために、きっとたくさん無理をしてくれたのだろう。

そんな人の足を引っ張るような事はしたくなかった。

そんなギャレットの顔を忘れないように、アスタリスクのことをサーカム・ギャレットが見つめる。

名残惜しそうにアスタリスクのことをサーカム・ギャレットも真剣なまなざしで見つめ返した。

「アスタリスク……」

そのとき、ガサゴソと盛大な音を出しながらもう一人の人物が現れた。

「殿下、申し訳ありません！　お止めしたのですが無理矢理押しのけられて……！　姉さまも申し訳ありません！　せっかくの再会を邪魔してしまいまして！」

全ての空気をぶち壊しつつそう叫んだのは、セディユだった。

どうやらギャレットの部下がギャレットを迎えに来るのを阻止しようとしてくれたのに、失敗したらしい。

セディユが名残惜しそうにアスタリスクを抱きしめているギャレットと直立不動で立っているギャレットの部下を眺めてから、またもう一度、まるで許しを請うような顔をしてギャレットに「申し訳ありません……」と覇気のない声で言った。

ギャレットがやれやれという感じでため息をつく。

「いや、ありがとう。ではアスタリスクさま、どうか先ほどの約束をお忘れなきようお願いします」

「ですから殿下、私に敬称はいりませんわ……」

なぜかアスタリスクにだけ突然前のような「専属執事」に豹変するギャレットに、アスタリスクは戸惑いながら答えた。

いくら公爵令嬢とて、王族にへりくだられるのは落ち着かない。

でもギャレットはにやりと笑って楽しそうに言うのだ。

「この方がしっくりくるし、なにより俺が楽しいので」

しっくりってなんなの、という言葉は飲み込んで、アスタリスクは困ったように笑った。

とにかく足止めをしてはいけない。

いくら本人がもっとここにいたいと全身で訴えていても。

「お仕事頑張ってくださいね」

それが遠回しの「早く行け」であると理解して、ギャレットが悲しそうな、なんだか情けない顔をしたが。

「殿下、お早く」

そこに追い打ちのようにそう言う部下が、二人を現実の世界に釘付けにする。

夢の時間は終わったのだ。

夢のようなひとときはあっという間に消えて、二人に重い現実がのしかかる。

でもなんだかしゅんとして、渋々歩き出すギャレットの姿が愛おしかった。

こうして見ると去年のギャレットと何も変わっていないように思えるのに。

だけれど部下を追い越して先に歩きはじめたその背中は、見ている内にあっという間にしゃんとして、立派な一国の王子の頼もしい背中に変わっていった。

「姉さますみませんでした。なんとかもう少し引き留めたかったのですが……」

「いいのよ。あまり彼のお仕事を邪魔してはいけないわ。彼は忙しい人ですもの」

「でもできるだけ引き留めろと……三十分は引き留めろと言われていたのに」

「ええ？　あの人、そんなことをあなたにお願いしていたの？」

がっくりと肩を落とす弟に、アスタリスクはくすっと笑った。

三十分は無理だったみたいだけれど、それでも二人で話す時間はちゃんともらえた。

それはセディユの努力の結晶の時間でもあったのだ。

なんてありがたいのだろうと、アスタリスクは改めて思った。

お礼を言いつつセディユと一緒に学院の森を出ると、なんとそこにはランドルフがいた。

「アスタリスクさま、もうお帰りですか？」

「まあランドルフさま。ランドルフさまはここで何をしていらっしゃったの？」

森の入り口は、周りに特に何があるというわけでもない。

たしか森に入るときにもいた気がするが、その後もずっとここで何をしていたのか。

そう疑問に思って聞いてみたら。

「もちろんアスタリスクさまを待っていたのですよ。サーカム殿下とはゆっくりお話できましたか？　セディユさんと一緒にサーカム殿下のお迎えを阻止しようとしたのですが、さすが殿下の側近の方、上手く躱されてしまいました」

ははっと爽やかに笑う中に若干の悔しさが混じっているようだ。

「まあ、ランドルフさまも？　でも、王宮の方の邪魔をして大丈夫でしょうか。怒られません？」

「はは、怒られない程度に頑張りました。いろいろ話しかけて引き留めようとしたのですが、なかなかに手強かったです」

「まあ……無理はしないでくださいね。王宮から文句を言われてはいけませんもの」

「貴女が少しでも殿下とお話ができたのならいいのですが。殿下はこの時間を作るために三日も前から仕事を詰めたそうですし」

「まあ、そうだったのですね。それは知りませんでした。やっぱり殿下はお忙しいのですね。でもみなさまのおかげで良い時間を過ごせましたわ。ありがとうございました」

忙しいだろうとは思っていたけれど、あのひとときのためにそんなに前から準備しなければならなかったと聞いてアスタリスクは驚いた。

仕事を詰め、セディユにも協力を仰ぎ、おそらくはランドルフをも巻き込んで。

そこまでしないと会えない状況が少し残念だけれど。

それでも彼がそこまでしてでもアスタリスクと直接話をしようとここまで来てくれたのがとても

嬉しかった。

　そして、二人の気持ちを再認識できたことも。

「それはよかったですね。きっと殿下も頑張ったかいがあったと思っていらっしゃることでしょう」

　ランドルフがそう言うと、

「そうですね！　これでもし姉さまに会えなかったとなったら、とばっちりは段取りした僕たちに……」

　とセディユが話し始めたときだった。

「あっ！　セディユさま～～～見つけましたよ！」

「セディユさままお散歩ですか？　私たちもご一緒しましたのに～～～」

「セディユさまあ～～～！」

　そう口々に言いながら、女生徒の軍団がこちらに向かってくるのがアスタリスクには見えた。

「セディユ、あの方たちはお友達なの？」

「お友達……とは……少し違うと思います……」

　なぜかじりっと後退するセディユ。

「セディユさま～～！　もうすぐ授業ですよう？」

「私たち、セディユさまが心配で探しに来ましたの～～～！」

「あ、あの！　では僕は教室に行きますので！　ちゃんと一人で行けますから！　あっでは姉さま、また！」

そう言うと、セディユは迫る女生徒の軍団をさりげなく避けるようにしながら、素早くアスタリスクたちから離れて行った。

しかしどうも見ていたら、セディユの思惑はあっさり外れてあっという間に女生徒の軍団に囲まれて移動することになったようだ。

きゃあきゃあとはしゃぐ女生徒の集団をまるで従えるようにして遠ざかっていくセディユを、アスタリスクは唖然と見送った。

「あれは、なに……？」

驚いたアスタリスクがそう言うと。

「セディユさんはコンウィ公爵家の嫡男ですからね。サーカム殿下という王子さまが学院を卒業した後は、この学院で一番身分の高い立場になりましたし、サーカム殿下の信頼も厚いことが知られるようになって人気が出たようですよ。今や結婚したい男第一位だとか、クラスの女子が言っていました」

ランドルフが苦笑しながら教えてくれた。

「結婚……したい……？　セディユが……？」

（あのいつも自分の後ろを半泣きでついてきていたセディユが……？）

しかし言われてみれば、最近急に背も伸びて体型もしっかりしてきた気がする。

「はい。どうやらセディユさまの親衛隊ができたみたいですね」

「親衛隊……」

驚いてアスタリスクはそれ以上何も言えなかった。

人気……というのだろうか？

と、またそのとき。

「まあランドルフさまごきげんよう。偶然ですわね！ もうすぐ授業が始まりますわ。教室までご一緒しませんこと？ あ、アスタリスクさまもごきげんよう」

そう言ってランドルフに声をかけてきたのは、アスタリスクとランドルフのクラスメイトだった。

ふと見回すとアスタリスクとランドルフの方を窺っている女生徒が何人もいるようだ。

「そうですね。教室に行きましょう。アスタリスクさまを遅刻させるわけにはいきません」

そう言ってランドルフはアスタリスクを気にかけてくれたようだが。

「誰も遅刻してはいけませんわ。あ、そういえばランドルフさま、次の授業の課題についてなんですけど——」

先ほどランドルフに声をかけていた女生徒はさりげなくランドルフの横、アスタリスクとは反対側を陣取ってランドルフに話しかけ始めた。

そのなかなか積極的な行動を見てアスタリスクは、そういえばランドルフも侯爵家の嫡男として去年からとても人気だったのを思い出した。

去年のアスタリスクとの縁談話は結局先延ばししていたこともあり一切公表はされていない。

しっかりランドルフの横を獲得してランドルフと会話する女生徒のことを、何人もの他の女生徒が羨ましそうに遠巻きに見ていることに気がついて、アスタリスクはなるほど……と納得した。

どうもアスタリスクの周りの男たちは、みんなとてもモテるようだ。

でもギャレットとの結婚の実現には遠い道のりを感じる。

自分にできるギャレットとの結婚を認めてもらう方法は、待つこと以外に何があるのだろうか。

学院の住み慣れた寮の部屋に帰ったとき、ふとそう考え込んでしまったアスタリスクだった。

待つ。それはいい。

どのみち今のアスタリスクには、ギャレット以外の人と結婚するという意思は全くない。

でも、待つ以外にできることはないのだろうか。

しかし今一生懸命頑張って考えてみても、これ以上評判を下げないようにする以外には何も思いつかなかった。

しかも「評判を下げない」、それが一番難しい気がする。

第二王子には大勢の前でこっぴどく振られ、第一王子との婚約は大勢の貴族に反対されて白紙に。今やそんな醜聞まみれの令嬢を嫁にもらおうとする貴族の家なんてないだろうところまで評判はすでに落ちている。

これは、セディユの子どもたちを溺愛する未婚の伯母になるかもしれないわねえ。

そう思ったときだった。

「ねえさま……かくまってください……」

なんだかすっかりやつれた様子の弟がアスタリスクを訪ねてきた。

ここは女子寮なので基本男性は来てはいけないのだが、寮を管理している寮母が付き添ってなら兄弟姉妹の部屋を訪ねることができる。

去年のセディユに勉強を教えているときも、同じようにアスタリスクの部屋を頻繁に訪れていたのでセディユには慣れた手続きだ。

しかし、今年訪ねて来るのは初めてだった。

「どうしたのセディユ。なんだか疲れているみたいよ?」

「そうです僕はもう疲れました……」

部屋に招き入れ、お茶を淹れてやるとセディユがポツポツと語り出した。

曰く、たくさんの令嬢たちが常にセディユにまとわりついて離れようとしない。

常に誰かが周りにいて話しかけてくる。

どうにかしてセディユの関心を得ようとしてくるのがとても煩わしい。

しかし仮にもコンウィ公爵家令息として育てられたセディユには、女性を相手に冷たく突き放すような態度もとれないとのことだ。

つい穏やかで礼儀正しく接してしまうために、迷惑していることが全く令嬢たちに伝わっていないようで。

「あらまあ、大変ねえ」

思わずアスタリスクは同情してしまったが、礼儀や態度について厳しく育てられた癖はどうしても抜けないとのこと。

「たしかに子どものころにはモテたいと思ったこともありました……しかし、それがこんなに苦痛だとは思いませんでした……」

アスタリスクの部屋で気が抜けたのか、丁寧にお茶を机の奥へ押しやった後にその机に突っ伏して弱々しい声になるセディユ。

(そういう所よねえ……)

下手に穏やかに礼儀正しく躾けられてしまった結果、令嬢たちには押し切られ、そして考えてみたらサーカム・ギャレットにもいいように使われているような気がするアスタリスクだった。

「それに今は姉さまがサーカム殿下と親しいじゃないですか。だからどうも僕を通してサーカム殿下にも近づきたいような方もいるみたいで……」

「あらまあ」

なかなか積極的なお嬢さんがいるようだ。

仮にも公爵令息を踏み台にしようという人もいるということか。

そう考えてアスタリスクは改めてセディユの境遇に同情した。

「サーカム殿下は姉さましか見えていないからって、僕言ったんですよ……でも、人の気持ちは変わるものだし、婚約したわけでもないしって……」

「……」

あまりに正しいことを名も知らぬ令嬢が言ったことに、なんだか少し悲しくなったアスタリスクだった。

本当にその通りで、何も反論できない。

その現実をこうして突然突きつけられることもこれから増えるのだろうか。

「でも！　僕はサーカム殿下の姉さまへの気持ちは変わらないと思います！　そんな簡単な気持ちならもうとっくに変わっていてもおかしくないのに、今でもアレですよ？　姉さまにちょっと会うためだけに仕事を詰めて徹夜まがいのことをすぐするような、そんな人がそう簡単に姉さまを諦めるとは思えません！」

がばっと上体を起こすと力強くセディユは宣言した。

「徹夜まがいのことを……したのね……？」

「あっ……これは聞かなかったことにしてください……口止めされていたので……」

「……わかったわ」

「そうでなくても最近の殿下は機嫌が悪いときが……」

「機嫌が悪くなるの？　珍しいわね」

アスタリスクの記憶には、いつもにこにこと穏やかに笑っていたギャレットの姿しかなかったので、機嫌の悪いギャレットというものが想像がつかなくて驚いたのだが。

「そうなんですよ！　普段は穏やかな方なのに、最近はパーティーとか社交の場から帰ると……たぶんグラーヴェ嬢がしつこくし過ぎるのが原因……あっ」

姉の前で気が抜けたのか、弱々しくだらだらと愚痴を言っている内に喋りすぎたことに気がついたようだ。

そういう詰めの甘いところが易々とサーカム・ギャレットの手の上で転がされる理由なのだろうと思ったアスタリスクだった。

「大丈夫よ。私はここであなたが言ったことは他言しないから。安心して愚痴を言えばいいわ」

「姉さま……ありがとうございます……ほんと愚痴でも言わないとストレスが……去年のギャレットさんが学院生活と執務をどうやって両立させていたのか、僕にはさっぱりわかりませんよ……」

最近のセディユは空き時間は王宮に参じて父である宰相やサーカム殿下のお手伝いを始めているとは聞いていた。

でもそれは、本当に下っ端の軽い仕事ばかりだと思っていた。

しかしなかなかストレスは多そうで。

「あまり大変だったらお父さまに言って調整してもらいなさいな。お勉強もあるでしょう」

「父さまはいいんですよ。問題は殿下です……定期的に行かないとすぐ呼び出しが……断るわけには……」

「そんなに頻繁なの？　まだそんな重要なお仕事は任せてもらえないでしょうに」

しかし父の後を継いで宰相になろうというセディユにとって、主であるサーカム殿下の命令は従う以外の選択肢はない。

でも、ギャレットもまだ学生であるセディユをそれほど必要とする理由もないと思うのだけれど、とアスタリスクが思ったときだった。

「たぶん可能なら毎日来いと思っているでしょうね。とにかくランドルフさまと一緒に学院での姉さまの様子を報告しろとうるさ……あっ」

「……セディユ、あなたはもう口を開くのはやめた方がいいかもしれないわね」

ちょっとだけ、本当にほんのちょっとだけ、一体三人で何をやっているのかと思ったアスタリスクだった。

ここそとなにをしているのか。

（セディユの代わりに私が行ければもっと全員が楽になれるのに、なんてもどかしいの）

翌日。

それでも前日にセディユがぽろっと言っていた話が気に掛かったアスタリスクは、かつての取り巻きだったカランド侯爵令嬢やモレンド伯爵令嬢に、レガード侯爵の娘だというグラーヴェ嬢について何か知っていないか聞いてみることにした。

彼女たちは、前のような熱烈な取り巻きではなくなっていたけれど、今でも普通に友人として話をする仲なのは幸いだ。すると。

「もちろん私、聞いておりますわ！　今やサーカム殿下の人気のおかげで、レガード侯爵が鼻高々だそうなのです！　そして必ずその隣にはグラーヴェ嬢もいるらしいんですの！　しかもその二人は以前、人前でかつて第二王子派だった我が家の事を小馬鹿にしたとかで、もう母から愚痴の手紙が止まりませんのよ」

モレンド伯爵令嬢がうんざりしたように言った。

「最近はサーカム殿下がいらっしゃる場には必ずいて、グラーヴェ嬢がずっとべったりだとか。サーカム殿下には心に決めたお方がいらっしゃるというのに全く気にしていないらしく、まるで自分がサーカム殿下と結婚するのが決まっているかのようなお振る舞いだそうで、少々呆れますわね」

カランド侯爵令嬢も言った。彼女もあまり面白くはないようだ。

「みなさんおはようございます。ちょっと聞こえてしまったのですが、なかなか興味深いお話ですね。僕が聞いた中には、レガード侯爵が宰相の地位を狙っているという噂もありました」

そこにランドルフも加わってきた。

「宰相……？」

レガード侯爵が宰相の座を狙うということは、それは今の宰相であるコンウィ公爵家を蹴落とすということである。

「まあなんて傲慢なんでしょう！　今までたいしたことなかったくせに！　レガード侯爵に我が家をバカにする権利なんてないのですわ！」

モレンド伯爵令嬢がぷんすか怒り、

「きっと今を好機と考えて、お嬢さんをサーカム殿下に嫁がせようとしているのでしょう。今ならそのお嬢さんが少々強引な行動をとっても、誰もレガード侯爵の威光を恐れて文句を言わないでしょうから」

カランド侯爵令嬢が冷静に分析をしていた。

「私が思っていたより、レガード侯爵と言う方は権力志向ということなのかしら」

アスタリスクもそうぽつりと言った。

「王宮でもレガード侯爵の発言力が増しているようです。何かとサーカム殿下を最初から見いだして支持していた自分の先見の明を周囲に主張して強引に物事を進めるそうで」

なるほどこれではギャレット、いやサーカム殿下も父で宰相のコンウィ公爵もさぞかしやりにくいだろうとアスタリスクは二人に同情した。

「でもサーカム殿下にはアスタリスクさまがいらっしゃいますから！　サーカム殿下がまさかレガード侯爵の娘なんかとは結婚なんてしないって、私、お母さまに言ったのですわ！」

「私たちは今までのお二人を見てきていますからね。ですがそれを知らないレガード侯爵は、そう思ってはいないのでしょうね」

「僕たちの社交界デビューは来年です。それまで何も起こらなければいいのですが」

「まあランドルフさま、その通りですわ……！」

そう言ってモレンド伯爵令嬢がうっとりと目線を送った先のランドルフは、しかしアスタリスクの方を見つめていた。

「そうそう話は変わりますがアスタリスクさま、後でちょっとお時間をいただけませんか」

「後で？　よろしくてよ。いつでもどうぞ」


その日の授業が終わった後、早速ランドルフがアスタリスクの所に迎えに来て言った。

「談話室を取っています。少しお付き合いいただいてよろしいですか？」

そう言うランドルフの顔はとても真面目なものだった。

ランドルフのことは信頼しているのでもちろんついていくことにする。

するとランドルフが「二人きりはいろいろ問題ですので」と言って、途中でセディユのことも誘った。

「とても慎重なのですね、ランドルフさま」

アスタリスクがくすっと笑うと。

「殿下の思い人と個室で二人きりになって、よからぬ噂を立てさせるわけにはいきませんからね」

「まあ、ご配慮ありがとうございます。でもそこまで神経質にならなくても」

「いいんですよ姉さま。これくらいしておかないと、本当にあの殿下がうるさいんです……」

なぜかセディユが遠い目をして呟いた。

ランドルフが「はは……」と苦笑いしている。

「あっ！　セディユさま！　どこに行かれるんですかあ？　私たちもご一緒してもいいですか？」

そこにセディユの同級生らしき女生徒数人が現れた。

セディユが教室から出ようとしたタイミングですかさず声をかけてくるあたり、監視していたのかと思うほどだ。

セディユがその声を聞いた途端、ちょっと魂の抜けたような気力を手放したような顔をしていた。

するとそれを見たランドルフが、

「失礼。今回は三人だけで話したいので」

そう言ってきっぱりと断ったときは、セディユと一緒にアスタリスクもほっとしたものだ。しかし。

「あっ！　もしかして……ランドルフ侯爵家のアーサーさまではありませんか？　きゃあ！　ランドルフさまがいらっしゃるなんて驚きです～！　ご用事なら私が賜りますわ！」

今度は別の女生徒が数人、そう言ってさらに教室のアスタリスクたちがいる出口に突進してくる。

そんな女生徒たちの姿を見て、今度はランドルフが貼り付けたような爽やかな笑顔になって、

「いえ、私はセディユさまを迎えに来ただけですので。では失礼」

そう言って自然に見えるギリギリの速度できびすを返した。

そんなランドルフにアスタリスクとセディユが続く。

後ろではなんだか残念そうな声がしていたが、ランドルフが先頭に、セディユがアスタリスクを後ろから急かすように三人でその場を離れた。

「相変わらずモテているわね」

アスタリスクがセディユにそう言うと、セディユが深い深いため息をついた。

「もうずっとあんな感じで、学院にいる間は一日中全然一人になれないんですよ……僕はもう疲れました……」

「最近セディユさまはサーカム殿下と親しいと知られるようになりましたからね。セディユさまがお父上の跡を継いでサーカム殿下の宰相になるのではと思われているのですよ」

ランドルフが苦笑している。

「ランドルフさまにもファンが多いみたいですわね」

アスタリスクがくすくす笑うと、ランドルフはなんだか困ったような顔をして言った。

「僕の場合は、単に家の爵位が人気のようで」

「そんな打算で追い掛けられたくありません～～！」

セディユが半泣きになった。


「それではこちらです」

ランドルフがドアを開けると、そこは生徒が自由に使える談話室の一つだった。

なんの変哲もない部屋である。

そこの部屋の扉をぴしゃりと閉めると、ランドルフが何か小さなものを取り出してスイッチを入れた。

「ランドルフさま、それは魔道具ですか？　僕初めて見ました」

「そうです。これでこの談話室くらいの空間なら盗聴が防げるそうです」

「……殿下ですね？」

セディユがにやりとしながら言った。

「そうです。今サーカム殿下はレガード侯爵によってほぼ監視されているといってもいい状態で、そのため直接殿下からアスタリスクさまに接触しようとすると邪魔が入って難しいそうです。そこでコンウィ公爵の手配で、私が殿下とアスタリスクさまとの連絡係を仰せつかりました」

「連絡係？」

アスタリスクは驚いた。今ギャレットが不自由な状態というのにも。

「はい。うちは第一王子派閥を表明はしましたが末端も末端なのでレガード侯爵の警戒対象ではなく、しかし僕にはもともとサーカム殿下の学友だったという立場があるので、それを口実にコンウィ公爵がサーカム殿下と会う理由を作ってくださいました」

「まあ……。ではギャレットに会ったのね？　ギャレットは元気だった？」

「はい。お元気でしたよ。そしてアスタリスクさまのことをとても心配されています」

「心配？」

「はい。サーカム殿下は殿下がレガード侯爵令嬢になびかないことで、レガード侯爵の攻撃の矛先がアスタリスクさまに向かうことを危惧されています。そのためこれらをお預かりしました」

ランドルフはそう言うと、なにやら持っていた鞄からじゃらじゃらと魔道具らしきものを取り出し始めた。

（なんだかこの光景、妙に懐かしいわね……）

じゃらじゃら出てくる魔道具と、それらを目を輝かせて見ているセディユの姿が。

「ランドルフさま、これはどんな魔道具なのですか？」

セディユが目をキラキラさせて、なんだかそわそわもしている。

「私にはよくわかりません。ただ、全てアスタリスクさまに身につけてもらいたいそうです。殿下お手製の特別製だそうで」

「これを全部？」

基本はなんの変哲もない赤い石を基本としたアクセサリーたちだが、見たところ品質は良さそうなので、公爵令嬢がつけていても遜色ないだろうと思えた。

しかし髪飾りにペンダント、そして指輪と、いくつもある。

これが全て高額な魔道具とは驚きだった。

「魔道具と聞いていなければ本当にただの何の変哲もないシンプルなアクセサリーばかりですね。これなら校内でもつけていられます」

感心したようにセディユが言った。

「殿下が仰るには、これらがアスタリスクさまを守ってくれるだろうということです。ですので今、全てお渡ししますのでおつけください」

「僕には何かないですか？　たとえば女性たちを遠ざけるような」

セディユがすがるような目でランドルフを見ていた。

しかしランドルフが心から同情したような目で、

「殿下はセディユさまの状況もご存じでしたが、殿下からは『良い機会だから自分で対処できるようにしておけ。きっとこの先もそんなに変わらないぞ』とのことです」

と答えると、セディユがそれはそれは悲しそうな顔をして、

「ええぇ!?　そんなの嫌です～～！　それができたら苦労はしないんですよ……」

としょんぼりしながら文句を言っていた。

だがアスタリスクが受け取ったアクセサリーを身につけている間、うなだれていたセディユにランドルフがやはり魔道具らしきものを渡すのが見えた。

「これは……？」

魔道具を前にして、ちょっとだけセディユの目に光が戻る。

「これは盗聴器だそうです。取り巻きの女生徒は第一王子派閥の家の生徒が大半のはずだから、適当に引きつけて相手をしながらレガード侯爵に関する情報を集めるようにと」

「適当に引きつけ……」

「はい。特にレガード侯爵に近い家の生徒にはいい顔をしておけと」

「……」

すんすんと、なにやら鼻をすすりながらセディユが渋々その指輪を受け取っていた。

「殿下のご命令には……逆らえませんよ……」

弱々しくそう言うセディユの背がなんだか丸まっていた。

あの集団を常に相手をしろと言われたらセディユにとっては荷が重いだろうが、ここは頑張って

もらうしかない。第一王子からの指示ということは、つまりは命令ということなのだから。

「まあまあセディユ、もしかしたらあの生徒たちの中にあなたの運命のお相手がいるかもしれないわよ？　素晴らしい出会いがあるかも」

慰めるつもりでそう言ってみたアスタリスクだったが。

「あるわけないでしょう〜〜！　僕は静かで可憐な子がいいんです！　あんな肉食獣みたいな目の怖い人たちなんて嫌です！」

「あら……」

思わぬ所で弟の好みを知ってしまったアスタリスクだった。

（それでこの状況ではますます知り合いにはなれなさそうね）

セディユが惹かれそうな子は、きっとあの集団に蹴散らされてしまうだろう。

ますますセディユに同情していたら、ランドルフがテキパキとアスタリスクに言った。

「あとアスタリスクさま。殿下が私にアスタリスクさまをお守りすることはもちろん、同時にアスタリスクさまに近づく男は全て排除しろと仰いましたので、私は殿下の命令を遂行しなければなりません。少々鬱陶しいかもしれませんが、普段私が近くにいてもご理解ください」

「殿下が？　ランドルフさまに？」

「はい。見事にアスタリスクさまを守り切ったら卒業後は殿下が私を近衛の騎士に推薦してくださるとのことなので、二つ返事で引き受けました」

ランドルフがそれはそれは嬉しそうに破顔した。

「そういえばランドルフさまは、騎士志望でしたわね……」

「はい。父の後を継ぐまでの間は騎士として生きるのが子どものころからの夢でした。夢の実現のために、頑張りますよ。こんな好機は逃せません」

ランドルフの目が、少年のように輝いていた。

この国で騎士になるには、いろいろと高いハードルがあるとはアスタリスクも聞いている。心身ともに非常に高い能力と志が認められなければ見習いにもなれないらしい。

そこを「王子の推薦」で、ある意味飛び級的な抜擢をさせるという話である。

近衛騎士は王族を守る騎士なので王族の意向がくみ入れられやすく、かつ騎士の中でも特に優秀な人が選ばれる名誉ある地位だ。

騎士さえもが憧れる近衛騎士の座。

ギャレットは自分に協力してくれる奴隷もとい腹心の部下に、セディユだけでなくランドルフも加えたのだとアスタリスクは理解した。

確実に取り込んでいくわねギャレット……。

「でもランドルフさま、その姉さまに近づく男の中にはあなたも入っているんですよきっと」

同情の目でランドルフを見るセディユ。

「はい。既に釘をさされています。その魔道具たちの反応対象に私も入っているそうで。男性はご家族以外の人がアスタリスクさまに触れると、もれなく魔道具が反応して確実に排除するそうです」

ははは、と笑ったランドルフの目はちょっと呆れているようだった。

「ああ……あの殿下のことですから、きっと容赦ないんでしょうね。よかったです僕、弟で……」

ランドルフとセディユの盛大に呆れた顔を、ギャレットは一度見た方がいいのではと思ったアスタリスクだった。

第二章　魔獣の卵

Chapter 2

サーカム・ギャレット王子に関する噂は時と共に変遷していった。

噂の元は貴族たちだが、その貴族たちが学院で生活する子どもたちにその噂を伝えるので、結局この王立学院でも貴族たちの噂がほぼそのまま流れる。

曰く、「有能だった第一王子が、最近は仕事以外の全ての時間を自分の作った工房に入り浸って過ごしている。そこにはレガード侯爵さえも入れないらしい」

社交の場にあまり顔を出さなくなり、外界を全て遮断した自分の世界に没頭し始めた王子。

それは有能だという評判に期待を寄せていた貴族たちの目から見たらとても残念だったようだ。

やはりこの王子もぼんくらだったか。

そんな貴族たちの声が聞こえてきそうだ。

だがアスタリスクとセディユ、そして今やランドルフも知っている。

ただ単に趣味が再発した、もしくは隠さなくなっただけだろうと。

（魔道具、大好きだったものね……）

それでも政務などの「仕事」はきっちりこなしているので、王位継承の期待はそれほど揺らいではいないあたりさすがである。

ただ、社交に参加する頻度が限りなく減り、その時間で工房に引きこもるということのようだ。

「きっと社交の場に出ると、必ずグラーヴェさまが付き纏ってくるのが嫌になったのですわ！　きっとそうです！　グラーヴェさまいつも殿下にべったりで、殿下に近づく他の女性を睨んで追い払うとか。そんなことをされたら殿下もきっと迷惑でしょうに！」

と、モレンド伯爵令嬢が今日も憤慨していた。

「グラーヴェさまって、そんなに積極的なの？」

アスタリスクが驚いて聞くと。

「そのような話は聞きますわね。レガード侯爵もサーカム殿下のパートナーにといつも娘を押しつけるそうなのですが、そうでないときも、いつも隣を陣取っているとか。サーカム殿下には今は正式なパートナーがいらっしゃらないことになっていますから、殿下も常には断りづらいのでしょう」

カランド侯爵令嬢が言った。

「でもサーカム殿下は全然相手にしていないですわ！　だってサーカム殿下にはアスタリスクさまがいらっしゃるんですもの！」

モレンド伯爵令嬢はそう言っていたが、それでもアスタリスクの心はざわついた。

そこまでするならきっと自分に自信があるのだろう。きっと魅力的な人に違いない。

ギャレットのそばにいつも魅力的な女性がいるのだと思うと、なんだか心がざわざわした。

でもその話も又聞きだし、自分の目で確かめることもできないので想像しかできなくてもどかしい。

そんなとき、突然学院の先生から呼び出しがあった。

「アスタリスク・コンウィさん、至急第一会議室までいらしてください」

公爵令嬢であるアスタリスクのことを至急で呼び出せるような人物は、あまりいない。

王族か両親か、はたまたそれ以外の高位貴族の誰か。どのみち何か重要な話の可能性がある。

もしくはアスタリスク自身に何か問題が発生したのだろうか？

緊張しながらも急いで先生の指定した場所に行くと、そこにはなんとフラット第二王子が立っていた。

「フラット殿下……？」

戸惑いつつも礼をする。

一体いまさらアスタリスクに何の用事があるというのか。

そう疑問に思いつつ顔を上げてフラットの顔を見ると、フラットはアスタリスクになんだか得意げな顔をして言い出した。

「久しぶりだね、アスタリスク。元気だったかい？」

今までのことなど何もなかったかのようなフラットの様子に、アスタリスクは戸惑った。

「おかげさまで元気にしております。ところで今日はどのような……？」

怪訝な顔をするアスタリスクに、フラットはにこやかに言い出した。

「最近僕は少々反省したんだ。あんなことはするべきではなかったとね」

「あんなこと……とは？」

「あれだよ……あの、卒業パーティーのときの。冷静になった今となっては、あの婚約解消は良い案ではなかったと僕もちゃんとわかっている。それに君だって今は反省しているだろう？　だからまた君を僕の婚約者にしてやってもいいと思うんだが、どうだろう」

「はあ？」

思わず不敬な声が漏れた。

そんなアスタリスクの態度にピクリと反応して、みるみる機嫌が悪くなるフラット。

「なぜそう驚くんだ？　君は王子と結婚したいんだろう？　ならあの兄とより、僕とまた婚約する方が簡単なのは君だってわかるだろう。そもそも僕と婚約していたからあの兄との結婚を反対されているんだし。だったらあの兄にこだわるより、僕とよりを戻す方が簡単なのは明白だ」

「……」

「そろそろ君も今までの態度を十分反省しただろうと思ったから、今回は僕の方から来てやったんだ。感謝しろよ？　しかもわざわざ会いに来てやっただけではないぞ。そら、贈り物だ」

そう言ってフラットが何かを投げてよこした。

思わず受け取ってしまったアスタリスク。

とっさに受け取ったそれをまじまじと見てみたのだが、それはなんだか……ほんのりピンク色をしたつるつるの……まるで卵のようだった。

「これは何でしょう、殿下」

怪訝な顔のまま質問をしたアスタリスクに、フラットはそれは得意げな顔をして言った。

「なにって、卵さ。見てわかるだろう。君は鳥が好きだと聞いたからね。とても珍しい鳥の卵だそうだから君にやるよ。手に入れるのは大変だったが、君のためにわざわざ手に入れてやったんだ。なのにそんな僕に、礼もなしとはどういうことだ?」

(鳥が好きだと「聞いた」のね……)

しかし別になにもほしいとも思っていないのに物、しかも生き物らしきものを押しつけられた上に上から目線で礼を言えというあたりがフラットらしい。

アスタリスクが礼を言うより先に、まずフラットが過去のことについて謝るべきだと思うのだが、どうもそう思っているのはアスタリスクだけのようだ。

ただ、王族を相手に喧嘩はできない。

「……ありがとうございます、殿下」

それにしても鳥の卵とは、なんと面倒な。

全く嬉しくない。

しかしどんなにいらなくても王子からの賜り物を突っ返すわけにもいかず、アスタリスクは卵を手に持ったまましぶしぶお礼を言った。

贈り物が卵ということは、この卵がうっかり割れてしまったり、卵が孵らなかったりしたら面倒なことになる。

そして雛が孵ったら、今度はきちんと育てないとまた不興を買うかもしれない。

さらにはうっかり死なせてしまったらと思うと、もう面倒がずっと続く未来しか考えられなくてうんざりした。

いらない。生き物なんて全然いらない。

だけれどフラットはいかにもいいことをしただろうという顔をして、

「よい。これで君も僕の気持ちが本物だとわかっただろう。ああこのことをお父上に報告するときには、僕のことをよおく言っておいてくれよ？」

「……わかりましたわ」

一応そうは答えたが、もちろんアスタリスクは報告するつもりだ。

フラット第二王子が鼻高々で面倒そうな生き物を押しつけてきた、と。

もうこの卵はコンウィ公爵家で管理するしかないだろう。

もしも本当に貴重な鳥ならば、飼育の仕方も難しいかもしれないのだから。

とてもアスタリスク一人の手に負えるものではない。

学院の寮の部屋にずっと置いておくわけにもいかない。

幸い、夏休みは目の前だ。休みに入ったらすぐに急いでこの卵を実家に持っていこう。

それまでこの卵が孵らないといいのだけれど、などとアスタリスクは忙しく考えていた。

その間もそんなアスタリスクのことなど見もしないでフラットは蕩々と語っていたが。

「では君は僕と婚約するのでいいな？　コンウィ宰相が最近は兄の味方ばかりするせいで、僕はとても困っているんだよ。でも君が僕と婚約したら、あの宰相も僕の味方をしてくれるはずだ。それに君だって昔から知っている僕の方がずっといいだろう」

（まあそんなところだろうと思ったけれど）

にやにやと得意げに語るフラットのことを、アスタリスクは冷めた目で見つめ返した。

「殿下、わたくしの婚約については父と話をしていただきませんと。わたくしの一存では何も決められませんわ。でもフラット殿下から貴重な鳥の卵をいただいたことは父に報告いたします。この卵は実家で大切にさせていただきますね」

「そうかわかった。ではコンウィ公爵には私からも話をしておこう。君はどうしても王子妃になりたいようだからな。僕に感謝しろよ？　ああ、ただしわかっていると思うが、僕は君を愛してはいない。僕が愛しているのはフィーネだけだ。だがフィーネとの結婚は反対されているからな。仕方ないから君を形だけの妃として置いてやることにしたんだ。せいぜい王子妃として頑張ってくれたまえ。父親と一緒に上手く立ち回れば、王妃にだってなれるかもしれないぞ?」

そうにやにやと一方的に語った後、はっはっはーと高笑いしながら上機嫌でフラットは帰って行った。

すっかり自分の甘い見通しが実現すると信じているようだ。

(今さらあの父がフラット殿下の味方をするとは思えないけれど)

今となっては、どうしてあれを一生支えるつもりだったのかアスタリスクには疑問しかない。

今のアスタリスクの目から見て王に相応しいのは、どう見てもサーカム・ギャレット第一王子なのに。

父であるコンウィ公爵も、そう思ったからこそサーカム殿下に味方しているのだ。決して娘が婚約を破棄されたからという私怨からではない。父はそこまでバカではない。

だからその父が、今さらアスタリスクとフラットをまた婚約させるとは思えなかった。

(でも一応、嫌だと伝えておいた方がいいかしら?)

ということで。

「フラット殿下からよくわからない鳥の卵を押しつけられたので、夏休みになったらすぐに持って帰ります。あと殿下はまた婚約しようと仰っていましたが、もちろん私は絶対に嫌です」

アスタリスクはそんな内容を丁寧かつ簡潔に書いて、早速実家の父親に送った。

アスタリスクも、怒るときは怒るのだ。

ちなみにもらったのが何の卵かさっぱりわからないアスタリスクはその後、学院の森に行って仲良くしていたレジェロたちに卵を見せてみたのだが。

――あすたーこれなに？

――たまご？　なんのたまご？

――なんかいやなかんじがするたまごだね？

――あすたーこれ、あたらしいともだちにするの？

などと言って、どうもみんな何の卵かはわからないようだった。

それでも必要そうならこの卵を温めてもらえないか聞いてみたのだが、どうも卵は元々ほかほかと温かく、レジェロたちには抱卵するには熱すぎると言われてしまった。

アスタリスクも、そういえばフラット殿下もそのままむき出しで持っていたわねと思い出したので、卵はこのままで置いておくことにした。

「ありがとうレジェロたち。ではこの卵はこのまま家に帰るときに持って帰ることにするわ」

――あすたーどこかいっちゃう？

――あすたーいっちゃうの？

――あすたーおうちにかえる？

――あすたーのおうち、どこ？　ごはんある？

――あすたーのおうちのごはん、おいしい？

「ごはん……？　大きな森があるから、虫もたくさんいるかもしれないけれど……私にはおいしいかはわからないわ」

――ごはんあるの？

――むしたくさん？

――あすたーのおうち、ごはんたくさん！

――ごはんたくさん？　いく！

――あすたーのおうちのごはんたべる！

――おやつもある？

レジェロたちはすっかりアスタリスクに懐いていて、今ではあまり森にやってこなくなったアスタリスクに会うために、たまに学院の寮の部屋にまで飛んで来るようになっていた。

だんだんレジェロたちの行動範囲が森の外へと広くなってきているので、もしかしたら王都に近いコンウィ公爵家にも来てくれるかもしれない。

そう思ったら、アスタリスクはちょっと嬉しくなった。

なのでアスタリスクも「来てくれるなら、喜んでお迎えするわね」と笑顔で伝えた。

鳥たちは、いつでもどんなときでも、アスタリスクに元気をくれる存在だ。

「フラットさまあ～あの卵、渡せましたあ？」

王宮のフラットの私室では、フィーネが甘えるように上目遣いで聞いていた。

そんなフィーネのことを、デレデレと鼻の下を伸ばして見つめ返すフラットの姿はフィーネにとって完璧だ。

あの卒業パーティーでそれまで使っていた魅了の魔道具を壊されてしまったときは焦ったが、フィーネは今また魅了の魔道具を手に入れていた。

前ほど強力ではないものの、それなりに魅了をかけられる代物だ。

フラットは無防備なので魅了の魔法もかかりやすくてとっても助かる。

しばらくの間フラットに魅了をかけられなくて焦ったこともあったが、なんとかフラットが真に正気に返る前に魅了をかけ直せたようだ。

前の魔道具が特別強力だったおかげで、その余韻が長く残ってくれたのはフィーネにとって幸いだった。

今はこのフラットさえ魅了していれば、フィーネの願いは叶うだろう。

もうたくさんの生徒を虜にする必要はないのだから、このくらいの魅了でも十分だ。

「もちろん渡してきたさ。鼻持ちならないあの女も感激していたようだったぞ。貴重な鳥の卵なんて、よく見つけてきてくれたね。喜びのあまり僕とまたよりを戻してもいいと言っていた」

「それはよかったですぅ〜フィーネはフラットさまのお役にたてて嬉しいですぅ〜」

フィーネはにっこりと微笑んでそう答えながら、心の中では別のことを考えていた。

アスタリスクがフラットと婚約しても、しなくても意味はない。

どうせあの呪いの卵が孵ったら、あの目障りなアスタリスクは自ら孵化させた魔獣によって殺されるのだから。

今度こそあの女はフィーネの前から消える。笑いが止まらない。

今、フィーネはレガード侯爵の館にかくまわれていた。

彼はフィーネの持っていた魔道具たちが、密かにレガード侯爵から渡されたものだとバラされないように監視しているつもりなのだろう。

――どういうことだフィーネ！　約束が違うじゃないか！　失敗しやがって！　あの魔道具の出所を聞かれても絶対にワシの名前を出すんじゃ……いや、それよりもお前が雲隠れした方がいいな。ワシの館に来い。かくまってやる。

あのときはレガード侯爵に、口封じに殺されるかと思った。

だがフィーネの方にも武器があった。

多量の魔力という、武器が。

レガード侯爵には大きな野望と大金と、さらに今では権力まであったが、残念ながら魔力がほとんどなかった。

レガード侯爵の母は隣国の高位貴族出身の人で、魔力がほとんどなかったことから普段の生活に魔力を使わなくてもよいこの国へ多額の持参金とともに嫁いできたという。

レガード侯爵家は代々そのような魔力よりも金や美貌を優先する配偶者選びを繰り返してきた結果、今では高位貴族では珍しいほど魔力の少ない家となっていた。

なので今は魔法が普通に使われている隣国との太いパイプにより魔道具を密輸し放題なのに、その魔道具を作動させるだけの魔力を侯爵家の人は誰一人持っていないのだ。

そこで彼が目をつけたのがフィーネだった。

貴族の養女になったばかりの、魔力と野心のある娘。

魔力があれば魔道具が使える。

そこでレガード侯爵はフィーネにささやいた。王子と結婚したくはないか、と。

そうしてフィーネとレガード侯爵は手を組んだ。

フィーネは豊富な魔道具を提供してもらい、それを使ってフラット王子に近づいてその婚約者を蹴落とし、自分がその後釜に座る。

そしてフラットの妃として一生贅沢三昧（ざんまい）の生活を送るはずだった。

今ではうすうすその計画が上手くいったとしても、そのうちレガード侯爵がフラットを失脚させて第一王子を持ち上げるつもりだったのかなとは思っている。

でも失脚しようがフラットが王子なのには変わりないし、フィーネは王子妃の自分に周りがぺこぺこする中で好きなだけ贅沢できれば後はだいたいどうでもいいので、今でもフィーネの目的は変わらない。

とにかくあと少しで素晴らしい未来を手に入れるはずだったのに。

なのになんとその夢は、第一王子とアスタリスクのせいで頓挫してしまった。

（……許さない）

フィーネは恨んだ。

今さら泣き寝入りなんてできなかった。

だからレガード侯爵に言ったのだ。

「もう一度やらせて。今度は失敗しない」

「一度ならず二度も失敗した者をワシは信用しない。見返りがあるなら別だが」

「なら私の魔力を全て提供するわ。あなたの持っている魔道具に、なんでも魔力を入れてあげる。あなたの使いたい魔道具が、何でも好きなだけ使えるようになるわよ」

「ほう？　……ならばちゃんとした部屋を与えてやろう。まだまだ役にたってもらおうか」

レガード侯爵家には、隣国の母の実家から密輸した大量の魔道具があった。

その隣国では魔道具が普通に使われていて、怪しげなものも闇市に行って金を積めば手に入るという。

レガード侯爵は、主にそのような後ろ暗い魔道具を大量に買い集めていた。

アスタリスクに渡った卵もそんなものの一つだ。

フィーネの魔力を使えるようになったレガード侯爵は、家にある様々な魔道具を活用できるようになって大喜びのようだった。

侯爵が第一王子派を表明していたのは、もちろん頭の弱い第一王子を傀儡にして自分が権力を握るためだ。

だが今、第一王子の頭が弱いわけではないことが判明し、計画を変えなければならなくなっていた。

さらには娘をあてがって公私で骨抜きにする予定が、全く別の女に執着する始末。

レガード侯爵としてはとうてい許せない状況だろうが、しかしその王子が執着している相手が公爵令嬢となると、さすがにうかつに手は出せない。

殺すにしても追放するにしても、誰の目にも自然に見えなければならないのだ。

そのためレガード侯爵が考えたのは、魔獣の卵を渡すことだった。

フィーネはその渡された卵に、これまた別の魔道具を使って強力に呪いをかけることを命じられた。

何者でも凶暴化させるという、呪いとも呼ばれる魔術。

理性を弱め、怒りの本能に従って暴れるように仕向ける魔術で、情緒を不安定にし常にイライラさせ、その鬱憤（うっぷん）を発散するために手当たり次第に襲いかかる魔獣を作るためのものである。

それを卵にかけておけば、卵が孵化したときにヒナは最初に見えたものに問答無用で襲いかかるだろう。

どんな魔獣でも、普通の動物より強力で凶暴なものだ。

生まれるのがたとえヒナでも鳥ならば爪も嘴もあるだろうから、最初に見た人間を八つ裂きにするくらいはできるはず。

最初の獲物を仕留めた後もそのまま暴れ続けるかもしれないが、それでもいい。

あの女とその周りが不幸になることには、なんの躊躇もなかった。

――上手く言いくるめてフラット王子から渡させるのだ。王子からの贈り物であれば司法の手はそこで止まる。もしもフラット王子がお前からもらったと言ったときは、お前は何も知らなかったのだと言い張るのだぞ。間違ってもワシの名前は出すな。出したら殺す。

――わかりました。もしも聞いてくる人間がいれば魅了してから何も知らなかったと言います。本当に珍しい鳥の卵だと言われたから買ったと。

違法生物の卵を買うのも所持するのも法律で禁止されている。

だからもしもフィーネがフラットに魔獣の卵を渡したとわかったときは、厳しい取り調べがあるだろう。

だがフィーネは、さらなる秘密の暴露を恐れたレガード侯爵が手を回して、全てを有耶無耶にしてくれることを確信していた。

彼ならば司法の手を遮断することくらい簡単だ。

そういう意味ではすでにフィーネは知りすぎているとも言えるが、フィーネが侯爵に魔力を提供する限り、彼が自分を始末する気がないことも知っているからあまり心配はしていない。

レガード侯爵の館には、密輸された違法魔道具が山ほどある。

正しく使えば国家転覆も謀れるというその魔道具たちは、しかし魔力を入れられるフィーネがいなければ、ただのガラクタも同然だ。

でもフィーネが協力している今なら、レガード侯爵は好きなときに好きなだけこの魔道具たちを作動させられる。

今さらに権力を握ろうとしているレガード侯爵が、その魅力に抗えるとは思えなかった。

その結果、レガード侯爵はフィーネを保護という名で監視をしつつ、その裏で魔力を使わせるという結論を選んだ。

ただレガード侯爵は用心深い性格だったので、子どもたちには万が一にも逮捕されないようにこれらの危険な魔道具のことは教えず、ただ効果の弱い安価な魔道具だけを与えている。

この国でも違法とはいえないギリギリの、ちょっとしたオモチャのような魔道具だ。

つい最近もレガード侯爵の娘が、魔道具に魔力を入れてくれと持ってきたので知っている。

その魔道具は男性を誘惑するための媚薬のような効果のもの。隣国ではよくある、他愛のない恋愛用魔道具らしい。

娘のグラーヴェはその魔道具をたいそう気に入って、肌身離さず持っているようだ。

フィーネが持つ魅了の魔道具の方が、ずっとずっと強力なのに。

（ふん、生ぬるい。これだから育ちのいい人間は）

王子を本気で落としたいなら、子どもたちも巻き込んで強力な魔道具でさっさとやればいいのに、とフィーネはいつも思っている。

でも今はフィーネも余計なことは言わず、侯爵には魔道具を提供してくれるよい支援者として大人しく従うことにしていた。

フィーネがフラットと結婚する、そのときまでは。

とにかくレガード侯爵や彼の魔道具を利用して、フラットと結婚してしまうのだ。

結婚さえしてしまえば、素晴らしい権力と贅沢な生活を手に入れられる。

今やフィーネはレガード侯爵を脅せる秘密をたくさん知っていた。

どちらかが逮捕されたら、もう片方も一蓮托生というところまできている。

だから、レガード侯爵はフィーネを蔑ろにはできない。

（つまり私は、ずっと安泰なのよ！）

夏休みはすぐにやってきた。

寮に残る者、実家に帰る者、そしてここぞとばかりに遠くへ旅行に行く者。

いろいろな人がいる中で、もちろんアスタリスクは真っ先に実家に帰ることにした。

実家に着くまでにフラットからもらった卵が孵ることがなくてよかったと安堵する。

万が一卵が孵ってしまったら、授業を休んででも世話をしなければと思っていたところだ。

間違っても王家の者から下賜(かし)されたものを死なせてしまうわけにはいかない。

「はあ～～なんて厄介なの」

アスタリスクは帰りの馬車で、心からため息をついた。

「これですか、その卵というのは。ちょっと触ってもよろしいですか？」

一緒に馬車に乗っているセディユが、興味津々(しんしん)でアスタリスクから卵を受け取ってしみじみとその卵を眺めた。

「ふうん、一見、ちょっと大きな普通の卵ですね。ほんのり赤味がある以外はあまり変わったところもありませんし。どんな鳥が出てくるんでしょうね。というより温めなくていいんですか？　んん？」

「どうしたの？　セディユ」

何かが気になった様子の弟に、アスタリスクが聞いた。

するとセディユはちょっと首をかしげながら不思議そうに答えた。

「今、この指輪が反応したのです。あまりないことなのですが」

「指輪って、たしかギャレットがくれた魔道具の？」

「そうですそうです。魅了の魔術除けにと殿下からいただいた、魔術を無効化するという指輪です。この指輪が反応したということは、この卵に何か魔術がかかっていたのでしょうか」

セディユはまた指輪が反応しないかと、指輪をした手で卵を撫で回していた。

「そんなことがよくあるの？」

「実はたまにあるんですよね。おそらく無意識に魔術を使っている貴族の子弟がいるのだと思います。この指輪があるので僕には全く影響はないのですが……うん、どうも表面上のものだったみたいですね。もう反応しません。妙に強い反応だったから気になったのですが……何か魔術がかかっていたとしても、もうなくなったみたいです」

「ほんと便利な指輪ねえ。私にもほしいくらいだわ」

「この前渡されていた魔道具の中にもあるんじゃないですか？　やたらたくさんあったじゃないですか。今姉さまの全身は魔道具だらけなんですよ。僕の方が羨ましいんですけど」

セディユが心から羨ましそうにじっとりとアスタリスクのことを見ていた。

やたら魔道具を与えられたときにはアスタリスクはそれだけ自分が危険なのかと驚いたものだが、そんな状態もセディユにとっては単にたくさん魔道具を身につけているという点だけでとても羨ましいようだ。

ただ効果も知らずに身につけているものもあるので、たしかにそのような効果のものがあってもおかしくはないのかもしれないが。

「でも何にどんな効果があるのか、あまり知らないのよねえ」

でも彼が心配して贈ってくれたものというのが嬉しくて、今ではアスタリスクのどんな装飾品よりも大切なものになっているけれど。


コンウィ公爵家に着くと、すぐに父であるコンウィ公爵に呼ばれた二人だった。

コンウィ公爵は、二人に会って挨拶を交わしたすぐ後に、重々しく宣言した。

「少し早いが、急遽二人を社交界にデビューさせることにしようと思っている」

「私だけでなく、セディユもですか……？」

それは異例のことだった。

普通は学院を卒業してからデビューするものだからだ。

アスタリスクは来年、セディユは再来年の予定である。

しかし公爵は言った。

「薄々聞いていると思うが、今、社交界ではサーカム殿下がレガード侯爵の娘グラーヴェ嬢に常に付き纏われている状況だ。このまま半年以上レガード侯爵がこの状況を放っておくとは思えん。それに我が家としても、サーカム殿下とグラーヴェ嬢が一緒に並ぶ姿をあまり社交界で定着させるわけにはいかない」

「それならば姉さまだけデビューでもよいのではありませんか？　僕はまだ卒業まで一年以上ありますが」

「セディユにはアスタリスクのパートナーを務めてもらおうと思っている。母さんだけではアスタリスクの全てに同行するのは大変だろう。下手に他の家の息子にエスコートさせるわけにもいかないしな」

つまり、セディユはアスタリスクの事情に巻き込まれた形である。

しかしセディユはきりっとした顔になって答えた。

「そういうことでしたらわかりました。僕も姉さまのことを応援していますから。お任せくださ い」

「うむ、頼むぞセディユ。できるだけ早めにアスタリスクの姿を社交界に定着させたい。なんとかあと半年、レガード侯爵令嬢の影響を封じるのだ」

そうして二人の社交界デビューは決まった。

アスタリスクは思っていたより早くグラーヴェ嬢と対峙することになって緊張した。

しかし父の判断は間違ってはいないだろう。

サーカム殿下とグラーヴェ嬢が一緒にいることが社交界で当たり前と思われる前に、それが違うということを知らしめなければならない。

アスタリスクも父の期待に全力で応えようと思った。

それからは、二人の社交界デビューに向けてバタバタと忙しく日が過ぎていった。

アスタリスクも新しいドレスやアクセサリーを新調し、数あるパーティーの中でも公爵令嬢のデビューに相応しいパーティーが厳選され、とうとう二人のデビューの日が決まった。

ちょうどそんなときだった。

フラットにもらった鳥の卵に変化が出たのは。

——あすたーあすたー！　たまごわれそう！

——あのたまごからおとがするよ！

——うまれる？

——うまれる!?

あの学院の森に住んでいたレジェロたちの多くが、前に言っていたとおりにアスタリスクと一緒にコンウィ公爵家にやってきていた。

アスタリスクがレジェロたちに聞かれるままアスタリスクの家の大きな森について答えた結果、レジェロたちが「見たことのないおいしいごはん」を期待して大挙してついてきたのだ。

アスタリスクとセディユが家に帰るために馬車に乗りこんだとき、その屋根にたくさんのレジェロたちがとまって「ごはん！」「あたらしいごはん！」とさえずっているのを見て、アスタリスクは笑ってしまった。そして同時にとても嬉しかった。

仲良くなった鳥たちと何ヶ月も離れるのが寂しいと思っていたから。

屋敷の使用人たちも、最初は驚いていたが今では「お嬢さまの鳥たち」と呼んでいろいろ世話をしてくれている。

そのおかげかレジェロたちも公爵家での環境にすぐ慣れたようだった。

——あすたーここてんごくだよ！

——ごはんがいっぱい！

——ごはんがおいしい！

——おやつもおいしい！

そう言って楽しげに暮らしている。

ついでにアスタリスクが持ち帰った卵にも興味津々だったようで、レジェロたちがしょっちゅう卵のところまで飛んできては遠巻きに眺め、そわそわしたあとにまた飛び去って行く姿をアスタリスクは何度も目撃していた。

その卵が、とうとう生まれようとしているらしい。

慌ててアスタリスクが卵を置いていたところに行くと、ぴいぴいという鳴き声をあげながら、ちょうど卵から雛が出ようとしているところだった。

赤い、小さな体で卵の殻を一生懸命つついて壊し、なんとか卵から出てこようともがいている。

——できた！

——うまれる！

——ヒナだ！

——こいつ、なんのヒナだろう？

興奮したレジェロたちが集まってきて、生まれてこようとしているヒナを見て大騒ぎしていた。

そうこうしているうちにヒナはとうとう卵から完全に出ると、まだ羽もない真っ赤な体を精一杯大きく見せるように胸を張ったと思ったとたん、第一声を上げた。

——ぴよ！

(出れた！)

小さな体からは想像もつかないような大きな声だった。

と同時に、まるで副音声のようにアスタリスクの頭にはヒナが何を言っているのかも伝わってきた。

そのとき、生まれたばかりの真っ赤なヒナが、アスタリスクの方を見上げてまた鳴いた。

——ぴよぴよ！

(ぼすはおれだ！　みんなひれふせ！)

驚くアスタリスク。なかなか気の強い子が生まれたようだ。

さてどうしたものか。と思ったそのとき。

——あっ！　あすたーこいつなまいき！

——なんだこいつ！

——いちばんちいさいくせに！

——うまれたばかりのくせに！

——なまいきはだめだぞ！

アスタリスクがなにかするよりも早く、レジェロたちがすばやくヒナを取り囲むといきなり教育的指導をはじめてしまった。

つんつくとヒナを突いては「あやまれ！」とか「いちばん弱いくせに！」などと一斉にぴーちく言いながらヒナに文句を言っている。

ヒナが弱りそうなら助けないとと思って心配して見ていたが、どうも加減しているようでヒナはずっと元気に叫んでいて弱る気配はないようだ。

——ぴよ！

（やめろ！）

——ぴよぴよ！

（おれはえらいんだぞ！）

——ぴよぴよぴい！

（おれのめいれいをきけ！）

しかしその度にレジェロたちが、

――なんだこいつ！

――はねもはえてないくせに！

――まだとべないくせに！

――なまいきはいけないんだぞ！

と言いながら、ヒナが何かを言うたびにつんつくしている。

なんだろう、人間でいうと、ぺしっと頭をはたく感じなのだろうか？

ほとんどヒナにはダメージがないようだが、それでも怒られているのは伝わるのだろう。

そのうちヒナは少しずつ勢いが削がれて、大人しくなっていくのが感じられた。

なんのヒナであろうと、体は小さくても大人であるレジェロたちにずらりと囲まれては多勢に無勢。

そうこうしているうちに、あっという間にレジェロたちの教育が完成されてしまったようだ。

――ぴよ……。

(すいません、なまいきでした)

するとレジェロたちは一斉にご機嫌な声になって、

――わかればいいのよ～。

――えらいいね～。

――おまえはぼくたちのおとうとぶんだ！

――ごはんのとりかたおしえる？

――おやつはあすたーにいうのよ？

などと口々にさえずりながら、あっという間にヒナを囲んでほのぼのしはじめた。

――ぴよ……

（さむい……）

そして丸裸で真っ赤なヒナがぽつりとそう鳴くと、レジェロたちが一斉に囲んで温めてあげはじめたのも心和む光景だった。

卵のときはほかほかしていたのに、生まれると寒いのかとは思ったが。

それでもレジェロたちに受け入れられ温められて、真っ赤なヒナがなんだか幸せそうな顔をしているなと、アスタリスクは思った。


「姉さま見てください！　僕も姉さまと同じ指輪をもらったんですよ！」

社交界へのデビューが数日後に迫ったある日、セディユが満面の笑みでアスタリスクに見せてきたのはアスタリスクがかつてギャレットにもらったのと同じテイマーのための指輪だった。

「それはギャレ……ええとサーカム殿下に？」

「そうです！　僕も姉さまのところで生まれたあの赤いヒナの言っていることを知りたかったんで

すよ！　そうしたら殿下が！　早速使ってみたいのですが、あのヒナはどこです？」

魔道具が好きなセディユは、それは嬉しそうににっこにこで興奮したように言った。

弟の喜びように驚きつつも、ヒナのところに案内するアスタリスク。

「最近は産毛？　も生えて来て、鳥らしくなってきたのよ。ほら、かわいいでしょう？」

「ああっ！　本当ですね。でも相変わらず全身が赤いんですね。どんな種類の鳥なんでしょう？」

「それがどの図鑑にもないみたいで、さっぱりわからないのよ」

——ぴよ？

（だれ？）

——ぴよぴよ！

（ごはんをよこせ！）

相変わらず元気に偉そうなヒナである。

そしてそれを見たとたんのレジェロたちの、

——ちょっといいかたー！

——あすたーにはやさしくね！

——あすたーをいじめたらゆるさないぞ！

という、相変わらずつんつくな教育的指導は健在だ。

「おおお〜〜！　聞こえます！　聞こえますよ姉さま！　食いしん坊ですね！」

ヒナとたまたま近くにいたレジェロたちの会話が聞こえたらしく、セディユがとても感動したような顔をしていた。

「でもこの子のごはんがレジェロたちとは違うみたいで、レジェロたちが青虫をあげてもぽいってしちゃうの」

「え？　鳥なのに……？」

――ぴよ！

(ごはん！)

お腹はすいているようなのに、レジェロたちがくれるものは一切拒否する。

そのことに気付いて困ったアスタリスクがいろいろ試した結果、このヒナは、不思議なことにアスタリスクが手に乗せると黙ることに気付いたのだった。

アスタリスクがヒナの前に手を出すと、ジタバタと暴れながらヒナが手のひらの上に乗る。

そしてそのまま満足げに座り込み、うつらうつらとし始めるのだ。

「これをすぐに下ろすと怒るのよ」

ある程度乗せていると寝てしまうので、ぐっすり寝てから下ろさないと怒られてしまう。

「いいなあ……僕の手ではだめでしょうか」

「やってみる？」

アスタリスクがそうっと眠りかけたヒナをセディユの開いた手のひらの上に置いた。

ヒナは一瞬起きたけれど、アスタリスクの手のひらの上と同じようにまたうつらうつらとし始めた。

「ああ……！　かわいいですね！　小さくて……けっこう熱い？　気がします」

「そうなの。火傷（やけど）するほどではないんだけれど、ちょっと温かいというより熱いのよね。でもセディユの手の上でも寝てくれてよかったわ」

――ぴ～よ～……。

（あ～おいしい～）

そのときヒナが寝言のように言った。

おいしい……？

「待ってください……姉さま……もしかしてこのヒナ、鳥ではないかもしれません……」

ヒナの寝言を聞いたセディユが、さっと青い顔になって言った。

「鳥ではない……？　どう見ても鳥だけど？」

ヒナである。どこからどう見ても鳥のヒナにしか見えない。

「でもこのヒナ、たぶん今、僕の魔力を食べています……なんだか手のひらから力が抜けているような気がするんです……それに魔術無効の指輪が少し反応しています。魔力が動いている証拠です」

「ええ……？　魔力を食べる……？　だから最近疲れやすいの？」

アスタリスクは驚いた。

言われてみたら最近、ヒナを手の上で眠らせた後はなんだか少しだけ疲れていた気がする。

でもすっかり鳥だと思い込んでいたので、魔力が抜けたとは思っていなかった。

(じゃあ私は今まで魔力をこの子に与えていたということ?)

しかし、ということは。

「魔力で成長すると言うことは……これは鳥ではありません」

「魔獣……」

アスタリスクとセディユはそう言って黙り込んだ。

これは大変だ。

魔獣の卵をフラットが持っていたということではないか。

「姉さま、急いで父さまに報告しましょう。これを黙っているわけにはいきません」

魔獣を勝手に飼育してはいけない。

いかなる魔獣も、ひとたび暴れたら人が大勢死ぬ可能性があるほど強力なのだ。

多くの魔獣が野生の熊よりも危険といわれている。

そんな魔獣のヒナという存在に、話を聞いたコンウィ公爵も途方にくれた。

なにしろ出所が王子である。あまり追求するわけにもいかない。

だがこのまま隠れて育てるわけにもいかなかった。

魔獣の入手も飼育もこの国では違法である。

そんな違法危険生物を密かに所持しているのが公になったら、国家転覆を企(くわだ)てていたなどと言われてコンウィ公爵家は破滅するかもしれない。

「……仕方ない。なぜか二人に懐いてしまっているようだし、まだヒナだ。今のうちに内密に国王陛下に報告して、我が家が緊急に保護していることにしよう。なんとか最速で王宮の許可を取る。だが相手は小さくとも魔獣だ。くれぐれも気をつけるんだぞ」

そう言った後、コンウィ公爵は文字通り奔走(ほんそう)することになった。

まず急いで国王陛下に報告し、出所と現状を説明する。

王も魔獣の卵がフラット第二王子から渡されたと聞いて、即座にフラット王子を呼んで確認をとった。

するとフラット王子は事の重大さをわかっていなかったらしく、あっさりと事実を認めた。

「そうです。私がアスタリスクに贈りました。それが何か？」

しかしその卵をどこから入手したのかという質問には、ただ「見知らぬ行商人からもらった」と言うばかりだった。

そしてその後は「珍しい鳥の卵だと言っていたから信じた」と、ただひたすら繰り返した。

あきれ果てた王は、渋々ながらその後の後始末をコンウィ公爵に託すことに同意した。

そして王の許可を得たコンウィ公爵はできるだけこっそりと、王宮に魔獣の研究用という名目で飼育の特別許可証を発行させたのだった。

なんとか王と王宮に許可を得たコンウィ公爵は、最悪の状況を逃れて安堵した。

しかしまだ問題はある。

あのヒナが一体なんの魔獣なのかまだ不明という点だ。

コンウィ公爵は次に急いで家に帰ると、図書室へと向かった。

たしか、そこそこ詳しい魔獣の図鑑があったはず。

まずは何の魔獣か特定しなければならない。特定しなければ、対策のしようがないからだ。

なんとか我が家の敷地の中に確実に留めておけるような施設を、急いで作らなければならない。

金属製の鳥かごで大丈夫だろうか。それとももっと丈夫で大きな檻を作らなければならないだろうか。いや果たして金属の檻で閉じ込められるのだろうか？

そんなことを考えつつよろよろと図書室の扉を開けると、そこには難しい顔をして一緒に図鑑のとあるページを凝視する娘と息子の姿があった。

「あ、お父さま……」

二人は同時に顔を上げた。

「父さま、大変です。おそらくあのヒナ……火の鳥です……」

完全に青い顔で、セディユが言った。

コンウィ公爵は伝説級の魔獣の名を聞いて、その場で膝から崩れ落ちた。

――すぴ～よ～。

今日も火の鳥のヒナは、すやすやと寝息をたててアスタリスクの肩の上で寝こけている。

最近はすっかりこの位置が定位置になっている。

熟睡するあまり、アスタリスクの肩の上で器用に溶けるように体勢が崩れている。

アスタリスクもそういえば少々疲れやすい？　程度の変調なので、そのままヒナに魔力を分けてやっていた。今は夏休みのため好きなときに横になって休めるので不都合はない。

ヒナはアスタリスクの管理下でとても大人しく、素直に育っていた。

たまに我が儘を言ってアスタリスクを困らせるときもあるが、とたんにレジェロたちがやってきては寄ってたかって教育し始めるので、結果的にヒナはアスタリスクに逆らってはいけないとしっかりたたき込まれたようだ。

そんなヒナはアスタリスクの次にセディユに懐き、その次に二人の母である公爵夫人に懐いている。

きっと二人のテイマーの才能は母譲りだったのだろう。

公爵夫人はテイマーの指輪もないのに、たまにヒナを手のひらに乗せて眺めて楽しんでいた。

ヒナはむうっとした顔をしつつも、大人しく手に乗せられている。

コンウィ公爵夫人も歴史ある大貴族の出身で魔力をたくさん持っているので、ヒナは問題なく魔力を摂取できているようだ。

　ちなみにコンウィ公爵には全く懐かないどころか威嚇し始めるので、最近公爵はちょっと寂しそうにしている。

「最初に目にしたものを親だと思う習性は鳥と同じということでしょうか。姉さまが羨ましい」

　セディユがじっとりと羨ましげにアスタリスクの肩に乗った火の鳥のヒナを眺めるようになっていた。

　レジェロたちはヒナのところにやってきてはあれこれと面倒を見たりもするが、基本は広い公爵家の敷地を飛び回って楽しむ方がいいようで、アスタリスクの肩を独占するヒナに文句を言うことはない。

　おかげでアスタリスクの肩は、いつもほかほかだ。

「そういえばこの子に名前をつけた方がいいわよね。何がいいかしら」

　あるときアスタリスクがふと、セディユにそう言うと。

「名付けは姉さまがするのがいいでしょう。一番懐いていますし」

「でもどんな名前がいいのか何も浮かばないの」

「あら、ではドロップちゃんというのはどうかしら？」

「ドロップ……？」

「母上、なぜドロップなのです？」

「だって成獣の火の鳥のここの羽って、雫みたいにキラキラしているじゃない」

公爵夫人がヒナの成長し始めている尾羽を指さしながら言った。

たしかに家にあった魔獣図鑑に描かれていた火の鳥は尾羽が長く、その尾羽には雫形の火がいくつも灯(とも)っているように見えた。

「たしかに雫みたいですが……」

「だからドロップちゃん。可愛いじゃない？　ねえ、ドロップちゃん？」

――ぴよ？（え、おれ？）

寝こけていたヒナがぱちりと目を開けて、寝ぼけまなこで言った。

「ほら、返事もしたじゃない。じゃああなたは今日からドロップちゃんね」

――ぴよ～（おやすみぃ～）

「……まあ、いいんじゃないかしら」

「母さま、僕が思っていたよりこのヒナを気に入ってますね……」

寝こけるヒナを嬉しそうに見つめる公爵夫人により無事に名前も決まって、ますますコンウィ公爵家のペットのようになっている火の鳥ドロップだった。

ちなみにコンウィ公爵により突貫で金属製のやたらと丈夫そうな大きな鳥かごというか檻が庭に作られたのだが、ドロップは今のところ見向きもしていない。

アスタリスクと一緒なら入るが、アスタリスクと一緒に必ず出てくる。

「……まあ姉さまがお願いしたら、そのうち入ってくれるかもしれませんから」

がっくりと肩を落とす父の背中に、慰めるようにそう声をかけたセディユだった。

第三章

社交界と専属執事

Chapter 3

　しかしそんな平和な日々もそう長くは続かない。

　とうとうアスタリスクとセディユの社交界デビューの日がやって来た。

　デビューするパーティーはコンウィ公爵夫妻により厳選された結果、同じ新興（しんこう）の第一王子派閥仲間であるランドルフ侯爵家主催のパーティーになった。

　ランドルフ侯爵家なら嫡男アーサーの学友ということで第一王子サーカム殿下が出席することにも不自然ではない。

　そして第一王子派閥筆頭であるレガード侯爵の影響も届きにくいだろうというのが理由だ。

　それでもアスタリスクにはデビューしてほしくないレガード侯爵から、アスタリスクを呼ぶなと横やりがあったはずだとアスタリスクたちは思っている。

　しかし今回はランドルフ侯爵夫人のお誕生日のお祝いという名目だったために、家族の友人を招待するという形でアスタリスクも招待された。

「お誕生日おめでとうございます。ランドルフ侯爵夫人」

コンウィ公爵家の家族四人で夫人にお祝いを言って、そのままパーティー会場に入った。

招待客は、第一王子派閥に属する貴族たちを中心に招かれている。

ただ元々の、昔からの第一王子派閥の人は少数派だ。

大半がサーカム第一王子が表舞台に現れてから第一王子派を表明した人たちである。

そのためコンウィ公爵家も、その派閥の新しい一員として、自然に受け入れられたのは幸いだった。

アスタリスクはセディユと一緒にコンウィ公爵夫人に連れられて、様々な貴族に挨拶して回ってデビューを印象づけた。

ランドルフ侯爵夫妻も積極的にアスタリスクとセディユを紹介してくれて、大半の貴族が好意的に受け入れてくれたので二人の社交界デビューは成功したと思われた。

遅れてグラーヴェ嬢が現れるまでは。

「レガード侯爵とご息女グラーヴェさまがお越しになりました！」

そんなアナウンスがあったとき、会場の視線は一斉に入り口に集まった。

アスタリスクも緊張して入り口を見る。

そこには、恰幅(かっぷく)の良い派手に着飾ったレガード侯爵と、その腕をとる黒髪の美女の姿があった。

豊満な白い胸とくびれた腰、豊かで美しい黒髪は艶めいて、まるで輝いているようだ。

その全てが賛美に値する美しい人だった。

「すご……」

隣でセディユがぼそりと呟く。

レガード侯爵父娘は、会場をまるで見下ろすように眺めていた。

そして最後にアスタリスクに視線を止めたようだ。

すぐにずんずんとまっすぐアスタリスクの方へ来るレガード侯爵とグラーヴェ嬢。

心配したコンウィ公爵夫妻がアスタリスクの後ろに来てくれたのが心強かった。

「貴女は……ああ！　フラット殿下の元婚約者さまではありませんか！　今日はフラット殿下に会いにいらしたわけでは……おおっと、むしろ会いたくないですかね！　これは失礼しました！」

レガード侯爵はそう大きな声で言って豪快に笑い声を上げた。

「まあ、あなたがアスタリスクさまですのね。まだ学生だとか。このような大人の社交場にはまだ早いのではありませんか？」

そんな父と一緒になって、グラーヴェ嬢がアスタリスクを見下すような目つきで上から下まで眺め回した後、ふんと鼻で笑って言った。

アスタリスクはそれくらいの攻撃は予想していたので、にっこりと微笑んでから答えた。

「本日は両親と仲良くしてくださっているランドルフ侯爵夫人に、ぜひ直接お祝いを申し上げたいと思い家族で参りましたの。素晴らしいパーティーですわね」

ここで怒ったり喧嘩するのは悪手である。特に時の権力を握っている人たちが相手では。

レガード侯爵はそう答えたアスタリスクに、まるで実に愉快だと言っているような顔でさらにたたみかけてきた。

「それはよいお心がけです。フラット殿下との婚約を破棄されて、どんなに不名誉で恥ずかしくても一生出ないわけにはいきませんからな！　ご両親もさぞかし安心されたことでしょう。娘の伴侶に素晴らしい相手をと望む親心、私もわかりますよ。なのにその結果が破談とは、それは落胆されたことと思います。王家との婚約を整えるのは大変だったでしょうに……ああ今度公爵さまには、王家との婚約を整えるご苦労をぜひ伺いたいと――」

レガード侯爵が得意げに語っていたそのとき、また入り口の使用人が来客を告げた。

「サーカム第一王子殿下がお越しになりました！」

「おお、殿下がいらっしゃったようだぞ。グラーヴェ、早くお迎えに行きなさい。殿下を待たせてはいけないよ」

突然アスタリスクとの会話を切って、当たり前のようにレガード侯爵が娘に向かってそう言った。

「たいへん、殿下に私を探させたりするわけにはいきませんものね！」

グラーヴェ嬢も突然大きな声でそう言うと、アスタリスクのことをちらりと見てくすっと笑ってから入り口の方へ急いで向かって行った。

「いやあ殿下と娘はたいへん相性がいいようでしてね。いつも楽しくお話をさせていただいているようなのですよ。こういう公の場での殿下のパートナーも娘がよく務めていましてね！　そのせいか周りの方々からも、グラーヴェが一番殿下とお似合いだなどとよく言われます。殿下もそろそろ子どもっぽい一時的な感情より、しっかりと将来を見据えた正しい判断を――」

得意げに語るレガード侯爵の話が終わらない。

話を遮るのは無作法なので我慢して聞いてはいるが、いいかげん嫌な気持ちが我慢できずに一言嫌味でも言ってやろうかと思った、そのときだった。

「ああ、ここにいらしたのですね！　探しましたよ！　このような華やかな場でのあなたも相変わらずなんて美しいのでしょう。私と一緒に飲み物はいかがですか？」

そう言ってアスタリスクと話していたレガード侯爵の前にずいと割り込んでアスタリスクの腰を抱いたのは、サーカム・ギャレット第一王子だった。

サーカム・ギャレットはそれは嬉しそうに満面の笑みで、全身からアスタリスクに会えて嬉しいという感情が溢れているようだった。

「まあ殿下、それはいいですわね。わたくしもちょうど喉が渇いたと思っていたところですのよ」

アスタリスクもギャレットに会えた嬉しさで、にっこりと微笑んで見つめ返す。

「ぐぅ」

レガード侯爵が喉から何か変な音を出した。

しかしギャレット、いやサーカム殿下はそんなレガード侯爵には一言形ばかりの挨拶をしただけで、その後はさっさとアスタリスクの腰を抱いて一緒に飲み物が置いてある場所までアスタリスクを連れ去った。

「デビューおめでとうございます。アスタリスクさま。俺がこうしてあなたにお会いできるのを今か今かと待っていたことを、きっとご存じないのでしょうね」

アスタリスクに果汁の入った飲みものを渡しながら、サーカム殿下はそううっとりとアスタリスクを見つめて言った。

「ありがとうございます、殿下。ふふ、また大袈裟な。でも私は早速社交界の洗礼を受けてしまったようですわ」

「救い出すのが遅くなってすみません。ちょっといろいろ振り切るのに手間取りまして」

「人気者ですものね。あなたとお話したい方がたくさんいらっしゃるのでしょう」

「でも俺は今日を本当に楽しみにしていたのです。あなたと一緒に過ごせるのを」

「まあ、殿下を独り占めなんてできませんわ。でもお会いできて嬉しいです」

そんなことを言いながら、じっと見つめ合う二人。

次の瞬間、ふふっと、二人同時に微笑み合った。

こんな所で、こんな身分になっても、彼とアスタリスクの間に流れる空気は前と何も変わっていなかった。

それがアスタリスクには嬉しくて。

「そんなこと言わずに。今日私は貴女に会うためだけに来たのですから。ああ美味しそうな料理がたくさんありますよ。何がいいですか？　取ってきましょう」

そんな、一瞬でかつての「専属執事」になってしまうところもなんだか懐かしくて愛しい。

でも、今は周りの目を気にしないわけにはいかない。

「殿下を私のために働かせるわけにはいきませんわ。私、自分でできますから。それに殿下、私に敬語は不要です」

「いいえ、アスタリスクさま。言ったでしょう、これは趣味だって。俺はこうして貴女の面倒を見るのが好きなのです。さあ、あなたのお好きなものをお持ちしましょう。あちらのチキンなどいかがでしょう？」

「まあ美味しそうね。って、やっぱり人目もありますから自分で――」

「いえいえだめです。俺にやらせてください」

そう言ってサーカム殿下は大袈裟に手を振ってアスタリスクを止めた後、アスタリスクに向かってにやりと笑った。それはとても楽しそうな笑みに見えた。

そうしてその後もずっとサーカム殿下はそれはそれは楽しそうに微笑みながら、ほそぼそとアスタリスクの世話を焼いた。

さすがに人目があるので椅子を運ぶのは使用人にさせていたが、それでもアスタリスクが快適に過ごせるように細かく気配りをするさまは昔と変わらない。

その様子は優雅なエスコートのようにも見えなくはないが、実際にはかつての「専属執事」だったころとやっていることは何も変わらないものだ。

だけれど昔と違うのは、ここは学院の中ではなく大人の貴族のパーティー会場ということだ。

二人の様子を、驚いたように周りの人たちは眺めていた。

(どうしましょう、王子を侍らせているなんて言われたら……)

アスタリスクの方は気が気ではないのだが、だからといってこの殿下を止める方法も浮かばない。

王子の自由奔放な行動を咎めることのできる人間なんてこの場にはいな――

「殿下!」

突然、二人の世界を打ち砕くように、レガード侯爵が青筋を立てながら割り込んできた。

「レガード侯爵」

サーカム殿下が突然真顔になって、レガード侯爵を見返した。

「何をなさっているのです! その女性は弟君の婚約者だった方なのですよ! そんな方を相手にまるで使用人のように振舞うなど、どうかしています! あなたは将来国の頂点にお立ちになる方なのですよ!」

アスタリスクは驚いた。たかが一介の貴族が第一王子を叱り飛ばすなんて。

しかもパーティーの最中、つまり多くの貴族が周りにいる状況で。

しかしサーカム・ギャレットはぴくりと眉をひそめて言い返した。

「レガード侯爵。私が誰と一緒にいて何をしたいと思うのかは自由だと思うが。彼女はもう一年以上前にフラットとは何の関係もなくなっている。問題はない」

「いいえ殿下。殿下がどのような方と一緒にいるかというのはとても重要なことなのです。殿下の評価がそれで変わってくるのですぞ！　殿下をお支えする私どもへの印象にもご配慮されるべきでしょう」

「そしてこのアスタリスク嬢ではなく、そなたの娘といろと言うのか？　私はそなたから指示をされなくとも自分がどうするべきかわかっている」

「わかっていらっしゃるのならば、このような評判の良くない令嬢に執着するべきではないのもおわかりのはずでしょう」

「ほう？　それを言うなら侯爵、貴公はあのフィーネ嬢の後見をしているそうではないか。貴公の後援でこの前デビューしたとか」

サーカム殿下がそう言ったとき、アスタリスクは密かに驚いていた。

フィーネと言えば、アスタリスクを誘拐して危害を加えようとした張本人ではないか。

あのまま行方不明だと思っていたのに、そのフィーネが、社交界デビュー？

しかしレガード侯爵はしれっと、悲しそうな顔を作って言った。

「私はあの娘を哀れに思ったのですよ。あの子は可哀相な子なのでございます。貴族に拾われたにもかかわらず、その貴族に役に立たなかったからとあっさり捨てられて自棄（やけ）になった挙げ句死にそうにまでなった子なのです。まだ未成年の少女だったのにですよ。貴族が傷つけたのなら、同じ貴族が救ってやってもいいのではと思いましてね。はは、単なる私の気まぐれでございますが、我が家できちんと保護し愛情のある環境で更生させてやろうと思っております」

「しかしその娘は犯罪を犯した娘なのだぞ。付き合う人間の評判が大事なら、貴公こそ気をつけた方がよいだろう」

「なんと……殿下は誤解しておられるようですね。たしかに彼女が学院の中で少々暴走してしまったことはあったかもしれません。ですが、罪には問われませんでした。ですから彼女は犯罪者ではありません。彼女にもこの先、長い人生があるのです。彼女はまだ当時、未成年だったにもかかわらず保護者に見捨てられ、どうしていいかわからないまま追い詰められた可哀相な少女だったのです。そのような少女の過ちを許し、更生させてやるのが我々大人の使命ではありませんか」

レガード侯爵が言った通り、結局あのフィーネの起こしたアスタリスク誘拐事件は、学院が保身のために隠蔽(いんぺい)してなかったことにしてしまった。

貴族令嬢を誘拐するのはもちろん重罪だが、その誘拐した方も貴族ばかりだったせいで、何もなかったことにしたい権力者がたくさんいた結果である。

そのためフィーネにはただ素行(そこう)不良で退学という処罰が下っただけだった。

「しかしこのアスタリスク嬢が危険にさらされたのは事実だ。その傷ついたアスタリスク嬢の気持ちはどうなる?」

サーカム・ギャレットが冷たく言った。

サーカム・ギャレットはフィーネがアスタリスクにした仕打ちを忘れてはいない。

そのことがよくわかる口調だった。

しかしレガード侯爵は全く怯むことなく、アスタリスクに向かって言った。

「しかしアスタリスク嬢はこのようにご無事でした。今もこうしてお元気でパーティーにいらっしゃっているのがその証拠です。ならば貴族令嬢として、心の広いところを見せてくださるに違いありません。もちろんフィーネ嬢をお許しくださいますよね？　コンウィ公爵令嬢」

にこり、とレガード侯爵がアスタリスクに微笑みかける。

アスタリスクとしては全く許す気にはなれない。

しかし周りには聞き耳を立てている貴族がたくさんいる。

この状況でレガード侯爵に喧嘩を売るわけにもいかないと、アスタリスクは一瞬怯んだ。

そのとき。

「アスタリスク嬢が許すはずがなかろう。自分に危害を、しかも死ぬより酷い目にあわせると言った相手だぞ。そのような相手を許す必要はない」

きっぱりとサーカム殿下がそうアスタリスクを代弁してくれた。

それに対しレガード侯爵は、困ったような顔をして胸に手を当てつつ言った。

「あの娘は今、おおいに自分の起こした行動を反省し、更生しようとしております。広きお心で見守っていただけたら幸いでございます」

「なぜ貴公がそこまでフィーネ嬢に執着するのかわからないな」

「……魔の森を何日も一人で彷徨ったのでしょう、衰弱して今にも死にそうな姿で倒れていたと聞いて、うっかり私は同情してしまったようです。たまたま発見したのが私の部下で。あのまま死なすわけにもいきませんでしょう。これも縁かと」

バチバチとサーカム・ギャレット第一王子とレガード侯爵の間で火花が散っているようだった。張り詰めた空気のせいで周りの貴族たちも何事だとこっちを見ている。

聞いてはいたが、二人は仲が良いとはとうてい言えないようだ。

しかしここまで王子に対して言えるのは、彼の後ろには彼に従う大勢の貴族がいるからである。なぜかレガード侯爵の周りの貴族たちは、どんなにサーカム・ギャレット王子が難色を示してもレガード侯爵の方を支持するらしい。

サーカム殿下に味方するのは、アスタリスクの父であり宰相であるコンウィ公爵の他にはほんの少数という話をアスタリスクは父から聞いていた。

いくら宰相といえども、たとえ公爵という地位にいようとも、第一王子派閥と言われる集団の中ではコンウィ公爵はまだレガード侯爵にはかなわないようだ。

父であるコンウィ公爵が、レガード侯爵は他の第一王子派閥の貴族たちの弱みでも握っているのではといぶかしんでいるくらいには、レガード侯爵は派閥の中で圧倒的な発言力と決定権を持っているらしい。

アスタリスクはそんなサーカム・ギャレット第一王子の難しい立ち位置を、今まさに目撃したといえる。

王族を前にしても堂々と自分の意見を押し通すレガード侯爵のこの態度が、今一番貴族の中で発言力があると言われている証拠のように思えた。

「では貴公がしっかりフィーネ嬢を管理し、アスタリスク嬢には近づけないように」

「もちろんでございます」

そこに、ちょうどグラーヴェ嬢がやってきた。

グラーヴェ嬢は何のためらいもなくサーカム殿下に飛びつき彼の腕を抱きかかえると、甘えるように言った。

「殿下、お父さまとのお話は終わりまして？　私、待ちくたびれてしまいましたわ。そろそろお父さまではなく私のお相手をしてくださいまし」

そう言いながら殿下の腕に自分の胸を押しつけ、殿下の顔を見上げてウインクをする。

まさか王族相手にこれほど馴れ馴れしい態度の人がいるのかと、アスタリスクは驚いてしまった。

グラーヴェ嬢はそのままサーカム殿下をアスタリスクから引き離すように、ぐいと腕を引っ張った。

レガード侯爵の娘がサーカム殿下にべったりだと聞いてはいたが、まさかこれほどとは思っていなかった。

アスタリスクの胸に、小さな怒りの炎が灯った。

(私の好きな人に馴れ馴れしく触らないで)

しかしそれを口に出すことは今のアスタリスクにはできなかった。

公爵令嬢として、未来の王子妃として厳しいお妃教育を受けてきたアスタリスクには、人前ではたとえ婚約者といえども馴れ馴れしく触ることも、他人のそんな行動に感情的に文句を言うことも軽々しくはできなかったのだ。

そんな無作法で身勝手な行動はできない。

でも、そのせいでただ驚いたような顔をして相手を睨むことしかできない自分が恨めしかった。

「あちらにとても美味しそうなデザートがあるのですわ。一緒にいただきたくて私、ずっと待っていましたの。でももう待ちくたびれてしまって。もちろんつき合ってくださいますわよね？」

そう言ってギャレットにしなだれかかる黒髪の美女が、こんなにも憎たらしいと思ったことはなかった。

しかも追い打ちまでされるなんて。

「おおグラーヴェすまなかったな。私の話は終わったから、あちらで殿下と一緒に楽しんできなさい」

レガード侯爵はまだ立ち去っていなかったらしい。

目尻を下げてさあさあ行くのだと手振りで二人を促している。

誰の目にもアスタリスクの姿は映っていないようなその場の空気に、アスタリスクは冷たい怒りを感じていた。

今までこれほどあからさまに無視されたことがあっただろうか。

これほど無作法かつあからさまに自分の相手をしていた相手を横取りされたことがあっただろうか。

いや、ない。

宰相の娘、高貴な公爵令嬢として、人前でこれほど軽んじられたことなどなかった。

しかしこれが社交界、大人の世界というものなのだろう。

よくわかったわ。

アスタリスクは怒りを完璧に隠しながら、その場を観察していた。

ここは下手に騒いではいけない。

王族に馴れ馴れしい失礼な令嬢と、その令嬢に鼻の下を伸ばし——てはいない王子を見つめた。

サーカム・ギャレット第一王子は、黒髪の美女ではなく、アスタリスクの方を見て言った。

「そういえばアスタリスク嬢、デザートはいかがですか？」

腕に美女をぶら下げているくせに、そんなことは全く知らないような顔をしていた。

アスタリスクはちょっと面食らった後に、あたかもそれが普通のような顔をして言った。

「たしかにいいかもしれませんわね」

「それでは一緒に何があるか見に行きましょうか。あなたのお気に召すものがあるといいのですが」

そうして腕にぶら下がっていたグラーヴェ嬢のことは「失礼」という言葉とともにあっさり引き剝がし、アスタリスクをうきうきとエスコートしてその場を去ろうとするサーカム・ギャレット。

しかしそれを逃がさないぞと言うように、レガード侯爵はアスタリスクに強引に話しかけた。

「コンウィ公爵令嬢、そういえばぜひお聞きしたいことがありまして。至急の話なのですが今よろしいですか?」

それとほぼ同時にグラーヴェまでがアスタリスクの腕をとって引き留めた。

「まあ私も、ぜひアスタリスクさまとお話したかったんですのよ!」

そしてにこやかな笑顔を浮かべているとは思えないくらいに強い力で、アスタリスクをサーカム・ギャレットからべりっと引き剝がした。

心構えをしていなかったアスタリスクは、うっかりバランスを崩してサーカム・ギャレットの腕を放してしまった。

がっちりとグラーヴェに腕を取られて動けなくなるアスタリスク。

状況を把握したサーカム・ギャレットがグラーヴェに対して口を開けようとしたが、グラーヴェはしれっと、

「私、前からアスタリスクさまとお話してみたかったんですわ。せっかくお会いしたのですし、お

話ししてもよろしいでしょう？」

　などとアスタリスクに話しかける。

　話しながらグラーヴェがぐいぐいとアスタリスクをサーカム・ギャレットから遠ざけようと引っ張るので、バランスを崩したままアスタリスクはなし崩しにサーカム・ギャレットから引き離されてしまった。

　そしてその二人の間にレガード侯爵が自分の体を入れて遮りながら、

「おおグラーヴェ。今は私がアスタリスク嬢とお話したいと言ったばかりではないか。お前はまた今度にして、今はサーカム殿下をお手伝いしなさい。デザートで殿下の手を煩わせてはいけない」

　と言い出した。

　見事な父娘の連携だった。

　グラーヴェも「まあ大変、その通りですわね。私ったらうっかり」などと言いながらアスタリスクの事は即座に放り出し、強引にサーカム・ギャレットの腕をまた取ってそのままデザートのある方へ歩き出す。

　アスタリスクはサーカム・ギャレットがグラーヴェの腕をさりげなく振りほどこうとしているのに対し、グラーヴェが今度こそ離すものかとでも言うように渾身の力で抵抗している、そんな攻防を見つめることしかできなかった。

　サーカム・ギャレットがアスタリスクの方を心配そうに振り返った。

なのでアスタリスクはサーカム・ギャレットに「私のことは心配しないで」と目で伝え、サーカム・ギャレットとグラーヴェを見送ることにした。

ここでこれ以上騒ぐわけにはいかない。

まさか大勢の貴族たちが見ている中で、グラーヴェとサーカム・ギャレットを派手に取り合うわけにはいかないのだ。

思惑通りにサーカム・ギャレットがグラーヴェと去って行ったことに機嫌を良くしたレガード侯爵が、突然尊大な態度になってアスタリスクに話しかけてきた。

「コンウィ公爵令嬢、ご覧になりましたか。貴女から見てもお似合いの二人だとお思いになるでしょう？　年が同じならお互い理解もしやすいものです。世継ぎの王子ともなればその伴侶は家柄や評判などが完璧な人物でなければなりません。となると今一番殿下に相応しいのはグラーヴェだと、誰もが私に言うのですよ」

「そうなのですか？　でもそれは殿下が決めることですから」

取り巻きの貴族はもちろんそう言うでしょうよ、という言葉を飲み込んでアスタリスクも上辺だけの微笑みを貼り付けて返事をした。

社交界で相手を無視することは喧嘩を売ることである。

デビュー初日から権力者と喧嘩をすることは避けたかった。

貴族社会とはなんて面倒なのだろうと心からアスタリスクは思った。

こんな人なんて相手にせずに、さっさと無視してこの場を去りたい。

しかしレガード侯爵は意気揚々と話し続ける。

おそらくは、アスタリスクをこの場に釘付けにするために。

「しかし殿下はまだお若いですからね。経験も良識もある大人たちの意見を無視しては良い君主にはなれません。未来の王妃に相応しい美貌、身分、気品。そして誰からも後ろ指を指されない完璧な評判の女性でなければ、サーカム殿下のお相手として不足なのは貴女もおわかりでしょう」

よりによって自分に言うのかと、今までプライドとともに生きてきたアスタリスクはまたカチンときた。

長年世継ぎは第二王子フラットだと思われていた。

その「世継ぎの妃」に選ばれていたのがアスタリスクだというのに。

誰もがアスタリスクを未来の王妃として認めていたときもあったのだ。

長年にわたるお妃教育を受けてきたのはアスタリスクであって、グラーヴェではない。

「……未来の王妃として相応しい気品があると思われたければ、人前で婚約者でもない殿方の腕に安易にぶら下がる癖は直した方がよろしいのでは？　王族の妃というものは、いつでも毅然とした態度であるべきだとわたくし、王宮でのお勉強のときに昔から何度も教えられましたわ」

そうしてにっこりと、その妃教育でお手本のように素晴らしいと褒められた外向きの、完璧に美しい微笑みをレガード侯爵に向けた。

暗にグラーヴェが無作法だと、そしてアスタリスクこそ王宮でお妃教育を長年受けてきた人間なのだとレガード侯爵に思い出してもらうために。

「……グラーヴェは、殿下がグラーヴェには怒らないとわかっているのでつい気が緩んでしまったのでしょう。しかしご忠告感謝します。さすがフラット殿下の婚約者として長年過ごしてこられた方、ご立派です。フラット殿下との結婚がなくなってしまって、本当に残念ですな」

バチバチと、アスタリスクとレガード侯爵の視線がぶつかった。

「まあ、いいえ。今はわたくしもフラット殿下が政略結婚よりも恋愛結婚を望んだそのお気持ちがよくわかりますので、もう怒ってはおりませんわ。わたくしは今、親が条件だけで決めた相手ではなく、心からお慕いする方を生涯支えられたらと願っておりますのよ」

「それはよいお心がけです。コンウィ公爵令嬢のお相手の方はさぞ幸せになられることでしょう。グラーヴェにも伝えることにしましょう。貴女のような素晴らしいお気持ちで、しっかりサーカム殿下をお支えするようにと」

「サーカム殿下がそれを望んでいらっしゃるのかはわたくしにはわかりませんが、ええ、もちろん殿下のお相手は殿下を心から愛している方でなくてはとわたくしも思いますわ。たとえば殿下本人よりも未来の王妃という地位を愛している方とか、権力やご実家の方が大切な方とかではなく」

「もちろんその通りですな。未来の名君に相応しい、殿下を心から大切にする清らかに育てられた女性でなければ。手垢がついたような女性ではいけません。殿下には誰もが納得するような、完璧な令嬢が相応しい。なにしろ殿下はとても優秀な方なのですから」

「優秀な王子を得られたこの国はとても幸運ですわね。ええ優秀な殿下ならば、きっと正しいご判断でご自分の伴侶もお決めになることでしょう。わたくしたちは、そのご判断に従うのみですわ」

「そのとおりですな。賢明なる殿下が正しいご判断をされることを私も期待していますよ」

王子本人の意思を真っ向から反対して潰した人間が、しゃあしゃあとそう言うのをアスタリスクは冷めた気持ちで眺めていた。

同じ貴族、同じ高位貴族なのに、父とは大違いだとアスタリスクはしみじみと思った。

これ以上話したくないから、どこかに行ってくれないかなと思ったときだった。

「アスタリスク嬢、お待たせしました。美味しそうな飲み物とデザートがたくさんあったので、できる限りお持ちしましたよ。貴女のお気に召すものがあるといいのですが。さあどれになさいますか？」

にっこにこの笑顔でギャレットが現れた。

そう、取り澄ましたサーカム殿下ではなく、「専属執事」と呼ばれていたときの、あのギャレットだ。

片方の手に載った皿にはいくつものデザートが載せられていた。

反対の手には飲み物を持っている。

驚いたアスタリスクは、

「まあ殿下、ありがとうございます。どれも美味しそうですわね」

などと言いながらも、目だけで「王子らしくした方が」と伝えてみたのだが。

「いえいえあなたのためならば、いくらでも持って来ましょう。飲み物はおそらくこれがお好きだと思いまして」

そう言って飲み物を差し出すサーカム・ギャレット、いや元「専属執事」。

「まあ……ありがとうございます」

アスタリスクには妙に見覚えのある懐かしい態度でいそいそとアスタリスクに飲み物を渡すギャレットの後ろで、完全に無視されていたらしいグラーヴェ嬢が怒りで顔を赤くしながらアスタリスクを睨んでいた。

しかしそんな人は存在しないかのようにギャレットは、アスタリスクの顔だけを見つめて微笑み続ける。

一向に殿下が自分の方を向かないことに業を煮やしたグラーヴェが、なんとか割り込もうと口を開けた。

「殿下、アスタリスクさまに渡せたのですから、次は私と――」

「ああ、ここは少々人が多いようで落ち着きませんね。アスタリスク嬢、デザートは落ち着いたところでいただきましょうか」

サーカム・ギャレット殿下はおもむろにそう言うと、、アスタリスクの腰を抱いて半ば強引に会場の端を目指して歩き出した。

ちょっと無理矢理な救出劇だとは思ったが、アスタリスクも素直に従うことにした。

これで嫌味しか言わないレガード侯爵から離れられる。

それになにより、ギャレットがアスタリスクを構ってくれることが嬉しかったから。

しかしそれが面白くない人間も当然いるわけで。

「サーカム殿下はお優しいですなあ。弟君の元婚約者にまで親切にされるとは。しかし殿下はもっとご自分の立場を大切にされる方がよいかと僭越(せんえつ)ながら申し上げますぞ！」

レガード侯爵が、ギャレットの後ろから周りに聞こえるように大きな声でそう言った。

その瞬間、にこにことした見慣れたギャレットがふっと消え失せ、威厳のある王子、サーカム殿下の顔にみるみる変わっていった。

サーカム殿下はやはり周りにも聞こえるように、レガード侯爵に対して尊大に言い放った。

「レガード侯爵、私がいない間のアスタリスク嬢の相手、ご苦労だった。私の大切な令嬢を退屈させまいとする貴公の配慮は覚えておこう。だが彼女は恥ずかしがり屋でね。貴公の見ている前ではデザートもゆっくりと楽しめないのだ。私は彼女との静かな時間を望んでいる」

ここでサーカム殿下が堂々とアスタリスクのことを「私の大切な令嬢」と言ったことに、周りの貴族たちはどよめいた。

サーカム殿下がアスタリスクとの婚約を望んで反対されたことは大勢の人が知っている。

だが今、彼自身のその言葉によってサーカム殿下は今もアスタリスクを望んでいるのだと表明したのである。

ざわつく人々の中を堂々とアスタリスクをエスコートして人の少ない場所に向かうサーカム殿下。

殿下の言葉に沿うように、人々はアスタリスクとサーカム・ギャレットの周りから距離をとった。

サーカム・ギャレットの希望通り、二人きりの「静かな時間」が作られた。

「殿下……このような騒ぎを起こしてよいのですか……？」

アスタリスクが周りをそっと窺いながら小声で聞いた。

しかしサーカム殿下は、また昔のギャレットに戻って笑って言うのだ。

「もちろんですよ。俺はあなたのことを堂々と『大切な人』と言えて、今最高にいい気分です」

そこにいるのが前と同じギャレットなことが、アスタリスクにはなんだか嬉しかった。

立派な王子然としたサーカム殿下も素敵だけれど、今はまだ昔のギャレットの方が馴染みがあって安心できるから。

「あなたがいいなら、いいんだけど」

「それにちょっと聞こえましたよ。あのレガード侯爵に毅然と言い返すあなたは、眩しいくらいにとても素敵でした。それでこそ俺の恋した『悪役令嬢』です」

ギャレットがかつて、前世で見た「悪役令嬢」のアスタリスクが好きだったと言ったことを思い出した。

そして同時に君を破滅する運命から救いたい、と言ったあのときのギャレットの真剣な目も。

「でも、もう私は悪役ではないはずよ。あなたのおかげで、今はただのちょっと評判に傷がついている普通の公爵令嬢……よね？」

「評判なんてくそくらえですよ。あなたほど俺の妃に相応しい人はいないというのに、それがわからない人間なんてただの無能だ」

そう言ってくれるサーカム・ギャレットと今、微笑み合っていられることが幸せだった。

考えてみれば、本来ならアスタリスクはとっくに国外追放か死罪になっていたはずなのだ。

この人がいなければ、私は今ここにいなかった。

そしてこの人に恋もしていなかった。

アスタリスクを見つめ柔らかく笑う目の前の愛する人を見て、しみじみ運命とは不思議なものだと思ったアスタリスクだった。

その後サーカム・ギャレット第一王子はそのパーティーが終わるまで、ずっとアスタリスクに対しやれ食べ物だ飲み物だと運びまくりダンスの相手は独占して誰にも譲らず、アスタリスクが少し疲れたと言えばすかさず椅子を用意しと、ひたすらアスタリスクの傍らで楽しそうにかいがいしく

世話をしたのだった。

本来慣例として王族は遅れて来て早く帰るはずが、彼はそのまま最後まで居座った。

そしてその最後の瞬間まで、アスタリスクに話しかける人は全て一睨みで蹴散らしてアスタリスクを呆れさせた。

アスタリスクにただ伝言をするためだけにやって来たセディユも漏れなく睨まれてしまい、とうとうセディユは妙に遠くからアスタリスクに伝言を伝えるはめになったくらいだ。

「姉さま〜！　父さまと母さまは先に帰るそうですから、姉さまが帰るときは僕と一緒です！　僕を置いて帰らないでくださいね〜！」

「セディユ、なんなら代わりに俺が彼女を家まで送るから君は帰りたければ帰ってもいいぞ」

「そんなことできませんって！　あなたは王子なんですよ！　あなたに僕の代わりをお願いなんてできるわけないでしょう〜！　ご自分の身分を自覚してくださ……だからそんな片手で僕を追い払うのはやめてください〜〜……」

そんな生き生きとアスタリスクを独占して世話を焼くその姿は王立学院で一緒だった元生徒たちには見慣れた光景でしかなかったのだが、そんな今までの二人を見たことのなかった貴族たちには少々驚かれていたはずだ。

だが王子を顎で使う失礼な令嬢だなどと終始文句を言っていたどこぞの侯爵とその娘以外は、特に大騒ぎにもならず遠巻きに眺められていただけだった。

一部の貴族は、元々身分を隠して学院にいたときはおおむね同じようなことをしていたという話を学院の生徒である子どもからある程度聞いていたらしいのと、サーカム・ギャレット本人がアスタリスク・コンウィ公爵令嬢との結婚を望んで反対されたという前知識もあったので、全くの意外ではなかったのが幸いしたのだろう。

周りはサーカム・ギャレット第一王子の執着具合に驚いただけで、もちろんもしもそれが嫌でも身分的立場的に振り払えないアスタリスクが非難されることはなかった。

そんな中でも仕事の話のときはすかさず普段の王子の顔に戻って、隣にアスタリスクがいる以外はいつも通りの政務と変わらない態度のサーカム・ギャレットにも貴族たちからの表だった不満は特に出ず、このアスタリスクに張り付く行動が本人の言う「趣味」であると周りもなんだか認め始めたような気もする。

そんな状況なので最近はアスタリスクが出席するパーティーには頻繁にサーカム殿下が現れるようになり、毎回アスタリスクに煌(きら)びやかな格好をした「専属執事」が張り付く光景がおなじみとなってきた。

最初は驚きつつも微笑ましく見てくれていた貴族たちの視線が、だんだん生ぬるくなってきている気がするアスタリスクだ。

それでも普段はなかなか会えないので、ほぼ唯一会える場となったパーティーではアスタリスクもギャレットとの会話を楽しんでいた。

立場は変わったけれど、二人の間に流れる空気は変わっていない。

それが嬉しくて。

ただ、やはりサーカム・ギャレットの仕事が忙しくて会えないときももちろんある。

だから会えるかどうかはパーティーに出てみないとわからないことも多かった。

事前に手紙で示し合わすこともあるが、毎回はできない。

ただそんなときはパートナーとして一緒に来ているセディユだけでなく、結果的にアスタリスクと一緒に社交界デビューしたことになったランドルフが近くをウロウロするので、最近のアスタリスクはランドルフを見たらサーカム殿下は欠席なのだと察するようになっていた。

ただセディユはパートナーとして一緒に出席しているが、ランドルフとはアスタリスクは何も示し合わしもしていないので、恐らくサーカム・ギャレットに言われているのだろうと思われる。

そのランドルフは、常に見えるところにいるのに頑なに一定の距離以上は近づいては来ない。

そのことに気がついたアスタリスクがあるとき、アスタリスクの方から近づいて話しかけて聞いてみると、

「殿下から『離れて見守るように』と指示されていますので」

と、敬礼でもしそうな勢いでぴしっと姿勢を正して答えられてしまった。

「そんなに頑張らなくてもセディユもいることだし、せっかくなので少しはパーティーを楽しんでもいいのでは」

アスタリスクはそう言ってみたのだが、

「いえ、殿下からのご指示ですし、貴女を危険からお守りすることは私の希望もありますので」

そう言って微笑んだランドルフである。なんて真面目なのか。

騎士を目指していると言っていたからか、今から責任感の塊のようになっている。

でもアスタリスクにとってランドルフは級友なので、他の貴族を相手するのとは違って変に構えずに気楽に話せるのが楽だった。

だからアスタリスクを守るためにとあまり人と絡まないように一人でいる姿を見かけたときには、たまにアスタリスクから話しかけて世間話をしたりすることもあった。

だがそんな感じでランドルフと話していると、毎回早々に悲壮な顔のセディュが割り込んでくるのだった。

「失礼します！　ランドルフさま、近いです。お話は手短かにお願いします」

「セディュ、そんな堅苦しいこと言わないで……お友達なんですものお話くらいしてもいいでしょう？」

「姉さまは殿下の不機嫌な顔を見たことがないからそんなことを言えるんですよ……！　これでランドルフさまと姉さまが噂にでもなったら、不機嫌になった殿下に睨まれるのは僕たちなんですよ……」

「その通りです。ですので僕はこれで。僕も絶対に殿下を怒らせたくはありません」

そう言ってそそそ……とアスタリスクと距離を取るランドルフである。

話せなくはないが、声を張らないといけない絶妙な距離。ランドルフは自分からは頑なにそれ以上近づこうとはしなかった。

「やっぱりちょっとやり過ぎじゃあないかしら……」

「何を言っているんです。あの殿下を甘く見過ぎですよ。姉さまがそんなだから──」

だが最近はそんなことを言っていると、そこに令嬢を連れたたくさんの母親たちがやってくるようにもなってきていた。

どうもセディユやランドルフと話していると、周りの夫人たちの目がこちらに釘付けになって様子を窺っているのを感じる。

そしてランドルフが離れていこうとした途端に、夫人や令嬢たちが大勢近づいてくるのだ。

「まあアスタリスクさま、ごきげんよう！　今日も弟君と一緒なのですね！　仲がよろしくて羨ましいですわ！　そしてランドルフ侯爵子息もごきげんよう～！　こうしてせっかくお会いできましたし、ぜひ娘を紹介させてくださいませ！　こちら我が家の長女のシャルロットでございます～」

「シャルロット・ビゼーと申します。どうぞ仲良くしてくださいませ……」

「アスタリスクさま、うちの娘もぜひご紹介させてください。娘の──」

「アスタリスクさまごきげんよう。うちの娘もぜひ──」

誰か一人が声をかけると、その後は我も我もとあっという間に人口密度が高まってしまう。

パーティー会場にいる若い令嬢とその母親のほとんどがアスタリスクに群がってきたような気がするときもあるほどだ。

もちろんアスタリスクは、この母娘たちがアスタリスクと本当に仲良くしたいわけではないことを知っている。

恐らくはアスタリスクがいるところには、漏れなく「コンウィ公爵家嫡男」と「ランドルフ侯爵家嫡男」がいることにみんなが気づきはじめたのだ。

爵位を受け継ぐ予定の嫡男は、結婚相手を探す場でもあるパーティーでは特に人気と言っていい。

みんながみんなまるで親しい友人に会えたかのようにアスタリスクに声をかけてから、そのまま流れるように話題を変えてセディユとランドルフを会話に引き入れるという見事な話術を披露していた。

アスタリスクのいるところにはサーカム・ギャレット第一王子か、王子がいないときは公爵家嫡男と侯爵家嫡男がいる。

なんとみんな独身だ。

アスタリスクは結婚相手を探す令嬢とその母親にとって、素晴らしい結婚へのとてもわかりやすい目印なのだろう。

(なんだか最近は、私がどのパーティーに出るのか探りが入るようになったわね……)

誰もがいきなり真の目的である紳士に突撃するのははしたなく、知り合いの女性と話をしながらさりげなく会話に引き込む方が自然な感じを演出できるとでも思っているかのようだ。

特に、どんな場合でもアスタリスクがいるところには基本セディユがいるので、セディユは毎回大量の令嬢のキラキラした視線だけでなく、あれこれと話しかけられては強気な令嬢やその母親に暗がりへ連れ去られそうになっていた。

これでうっかりどこかの令嬢に、セディユがキスしたとかどこかはしたない所を触られたとか言って騒がれたら、セディユはその母親に責任をとるためにと結婚を迫られるだろう。

セディユの周りには、条件の良い獲物を獲得するための技を極めた人々の、様々な罠が張り巡らされていた。

うっかり気を抜いて相手の言いなりになったら最後、セディユの抱く希望や夢とは全く別の人生が始まってしまいそうな勢いだ。

相手の意図や罠を素早く察知し、体よくやんわりと逃げる術をまだ使いこなしきれないセディユは、常に気を張っているようだった。

「姉さま……もう僕、パーティー怖いです……」

あるときパーティーから帰る馬車の中で、セディユがそうぽつりと言ったのを、アスタリスクは複雑な気持ちで聞いた。

貴族の嫡男には嫡男なりの苦労があるようだ。

なんだか可哀相になったアスタリスクは、たまに付き添いを母親に変わってもらうことにした。

だからその日もセディユではなく、母と一緒にパーティーに出ていた。

セディユとは違って、アスタリスクは自分の体力が許す限りパーティーやお茶会などに出て顔を広めようと決めていた。

悪い噂や評判は、仲良くなってアスタリスクの人柄を知ってもらったらその分薄くなるのではと思ったのだ。

だからサーカム・ギャレット第一王子が出ないと知っているパーティーにも積極的に顔を出すようにしていた。

そしてその活動の中には中立派や、時には第二王子派閥の人物のパーティーも含まれるようになっていた。

その結果知ったのは、アスタリスクよりも先に社交界にデビューしていたフィーネが、社交界の中ではあまり相手にされていない様子だということだ。

あちこちの大規模なパーティーでたまに見かけることはあったが、進んで仲良くしようという人はあまりいないようだ。

時の権力者であるレガード侯爵の後ろ盾があるので表だっての非難はないようだが、やはり今までのあまり良くない過去を知っている人は多いのだろう。

ただ第二王子フラットが参加しているときは、フラットが基本フィーネにべったりなのでフィーネも楽しそうだ。

ただそんな状況でも面倒なことに、フラットがアスタリスクを見つけると、わざとらしく愛想良く挨拶をしてくる。

「やあアスタリスク、今日も綺麗だね。ところでお父上はお元気かい？　最近お会いしていないが。未来の義父とは仲良くしようと思っているんだよ僕は」

格好をつけて言っているが、会っていないということはフラットからの再婚約の話をコンウィ公爵が断ったということだ。

どうしてこの男はそれが理解できないのだろう？

「おかげさまで」

礼儀上そう答えつつも、アスタリスクは少々呆れていた。だがフラットは全く諦めていないようで。

「君もあんな庶民の中で育ったような兄上よりも子どものころから知っている僕の方がいいだろう？　もう過去のことは水に流そうじゃないか。遠慮しないで僕の元に帰っておいで。お父上だって君の気持ちを知れば気が変わるさ」

自分に酔っているのか、自信満々な態度でアスタリスクに言ってくるのがなんとも面倒だ。

しかもそう言っておきながら、その後はアスタリスクのことは放っておいて鼻の下を伸ばしっぱなしでフィーネにべったりとくっついている。

この前ランドルフが憤慨しながら言っていたが、どうもフラットとしては、兄が執着しているアスタリスクを自分が奪うことで兄であるサーカム・ギャレットに嫌がらせができると思っているらしい。

どこぞの貴族にそんなことを自信満々で語っていたとか。

呆れたアスタリスクはもうフラットには何も言わずに愛想笑いだけして、決定的なことは何も言わずに逃げ切ろうと思っていた。

(馬鹿らしい。なんて器が小さいの)

そんな理由もあったので、アスタリスクの方から距離をとっていたからフラットとフィーネとはあまり接点はなかったのだ。

だがとある日、フィーネの方から話しかけてきたことが一度だけあった。

アスタリスクが一人になった隙を狙っていたらしいフィーネが、突然後ろから話しかけてきたのだ。

「アスタリスクさまあ、フラット殿下からもらった卵はまだ孵らないのですか？」

「え？　卵？」

アスタリスクは不思議に思って聞き返した。

なぜそれをフィーネが知っているのだろう。そしてどうして孵ったかどうかを気にするのか？

しかしフィーネはアスタリスクの戸惑いを無視して、内緒話のように声を潜めて、

「たぶん魔力のある人間が触っていれば、より早く孵ると思いますよ？」

と、それだけ言ってさっさと背を向けていて去って行ってしまった。

（ええと……卵はとっくに孵っていることを言わなくても良かった……のよね？）

しかしどうしてわざわざ卵のことなんて聞いてきたのだろう？

この前生まれた火の鳥は、今や見事な赤い羽毛に包まれた美しい姿になってコンウィ公爵家の中を我が物顔で飛んでいる。

まだ長くは飛べないようだが、それでも飛べるのが嬉しいらしく、

「ぴ〜よ〜！」

（オレに逆らう奴はみんな燃やしてやるぜ！　ひゃっはー！）

などと意気揚々と鳴きながら。

だが。

——あっ！　またなまいきしてる！

——もやす、だめ！

——なまいきもだめ！

——だめだよ！　めっ！

中身はまだまだやんちゃなオレサマの火の鳥が少しでも生意気そうな言動をするたびに、コンウィ公爵家の敷地内のあちこちでのびのびと暮らしているレジェロたちがそれをしっかり見つけ、わらわらと集まっては制裁を加えている。

そのおかげで火の鳥もまだ実際に何かを燃やしたりして周りに迷惑をかけたことはなかった。

ついイキってはレジェロたちに怒られて、

「ぴよ……」

（すいません、うそです。やりません）

と謝るのが日常になりつつある。

明らかにコンウィ家の敷地内にいる主要な鳥たちの中で、火の鳥は一番立場が弱かった。

伝説の魔獣がそんなことでいいのか？

とセディユと父さまが、ちょっと複雑そうな顔をしている。

だがまあ、そんなところまでフィーネに話す必要はない。

よくわからないが放っておこう。

そう思って歩き始めたとき、次のやっかいな人が近づいてきたことにアスタリスクは気がついた。

「こんにちは、アスタリスクさま？」

そう言って妖艶(ようえん)な笑みを浮かべたのは、レガード侯爵令嬢グラーヴェだ。

「こんにちは」

アスタリスクも礼儀上挨拶を返す。

そのまま歩みは緩めずに通りすぎようとしたのだが、グラーヴェはそれを許してはくれなかった。

「サーカム殿下もフラット殿下も困ったものですわね。王子というお立場を忘れて悪女に夢中だなんて。お二人は殿下たちを引きつけるような何か秘策をお持ちなのかしら。もしかして今もその情報交換でもしていらしたの？」

アスタリスクはつい足を止めてしまった。

今まで公爵令嬢たるアスタリスクにこれほど正面から喧嘩を売ってきた人はいなかった。

売られた喧嘩は買うのね私。

アスタリスクは自分の知らない一面を知って驚きつつも答えた。

「グラーヴェさまは愛というものをご存じないようですわね。でもそれなのに、どうしてサーカム殿下にはこだわるのでしょう。わたくしその方が不思議ですわ」

「私の正義感が、きっとサーカム殿下が悪い女に騙(だま)されていることを許せないんですわ。殿下には完璧な淑女(しゅくじょ)が相応しいのに、他の男と結婚しようとしていたのに突然手の平を返すような不誠実な女に執着するなんて騙されているとしか思えませんもの」

完璧な淑女というものは、グラーヴェのように胸を見せびらかすような派手なドレスは着ないものだという言葉をアスタリスクは飲み込んだ。

「フラット殿下との婚約は、王陛下が決められたものでした。フラット殿下のお相手を探したそのときに、わたくしより完璧な淑女が他にいなかったからわたくしが選ばれたのではないでしょうか。あら？　でもそのときもたしかグラーヴェさまはレガード侯爵令嬢だったのですよね？」

「……私にはフラットさまは年下になるから釣り合わないとされたのでしょう。でもサーカム殿下とは同い年。なんの問題もありませんわ。となれば、アスタリスクさまと私、どちらの方が殿下に相応しいかは誰の目から見ても明らかかと」

「それは王陛下やサーカム殿下がご判断されること。でも条件だけで結婚など、悲しいものですわ。貴族令嬢ならば政略結婚も現実ですが、せめてグラーヴェさまにも心から愛する方が現れるといいですわね」

「もちろん私にとってそれがサーカム殿下なのですわ。そしてとうとうサーカム殿下も、私と同じお考えになったようですの……！　私、サーカム殿下からとっても素敵なペンダントをいただきましたのよ。ほおら、綺麗でしょう？」

そう言うとグラーヴェは誇らしげに首元に下げた赤い石のついたペンダントを指し示した。

中心の赤い石はそれほど大きくはなかったが、周りを金や宝石で囲む華やかなデザインになっていた。

グラーヴェはまじまじとペンダントを見つめるアスタリスクに「とうとうサーカム殿下が私の魅力に気がつかれた」とか「女性にアクセサリーを贈るなんて、もうそれは愛の告白」だのうっとりと語っている。

だがアスタリスクは思っていた。

うーんこれ、魔道具じゃあないの？　と。

アスタリスクはそのペンダントをよく観察し、その結果中心の赤い石がアスタリスクがつけている魔道具についている石と同じだと確信した。

その証拠に髪につけたギャレットの魔道具の髪飾りが、そのペンダントに反応している。

アスタリスクはこの髪飾りが、魔力があるものにはいつもかすかに反応することに最近気がついた。

たとえば魔獣である火の鳥ドロップが近くに来るだけで、髪飾りはかすかな、アスタリスクにしか聞こえないような小さな金属のような音を発生させるのだ。

セディユの魔道具やアスタリスクの他の魔道具、たとえばアスタリスクがつけている指輪などにも近づくと反応するのでおそらくそうだろう。

しかもこの距離で反応するということは、なかなかの魔力を持っていそうだ。

「これはサーカム殿下から直接渡されたのですか？」

「もちろんそうよ。あなたに似合うと思ったのですよ、なんて私のことをじっと見つめて……彼、本当は私のことが好きだと思うの」

グラーヴェはそれはそれは得意げに、ふふんと上から目線でアスタリスクを見て言った。

この様子では、きっと取り巻きや知り合いみんなに自慢して回っているのだろう。

まあ本人が幸せならそれでいいのではないかしら、と思ったアスタリスクは有頂天な様子のグラーヴェ嬢に微笑んで言った。

「それはよかったですわね。大事にされるのがよろしいかと」

「もちろんよ！　きっとこれは彼と私との素敵な人生の第一歩の記念になるのだわ。あなたは残念だったわね。でも殿方の心変わりってよくあることでしょう？」

完全に勝ち誇ったグラーヴェを見て、アスタリスクは複雑な感情のまま笑顔の仮面を貼り付けた。

「そうですわね。それでは私はそろそろ失礼します。母が待っておりますので」

これ以上の会話はいらないと判断したアスタリスクは、もう立ち去ることにした。

そんな去って行くアスタリスクの背中に向かって、グラーヴェ嬢がさらに言葉をかけてきた。

「大丈夫！　一晩か二晩くらい泣けば案外恋なんて忘れられるものよ。あなたにも新しい恋があるといいわね！」

それは勝利宣言だろうか。

でもアスタリスクは思っていた。

(殿下からもらうものには気をつけないと。あれほど魔道具が好きなのに、魔道具ではなくただの宝石を贈るなんて、きっとそんなことは彼はしないのだから)

現にアスタリスクに渡されたたくさんのアクセサリーは、全て魔道具だと聞いている。

そういえば今までサーカム殿下からもらったものに、純粋なただのアクセサリーがあっただろうか？

ふとそう思って思い出を遡ったのだが、全くそんな記憶はなかった。

（そういうことよ）

アスタリスクは、ちょっとだけ遠い目になった。

第四章 ペザンテ

Chapter 4

サーカム・ギャレット第一王子の工房通いの噂は下火になっていった。

恋愛や汚職のスキャンダルに比べると地味な噂だったからだろう。

今では公務の支障にはならない単なる趣味として黙殺され、貴族たちのほとんどが気にしなくなっているようだ。

だから一見、サーカム殿下の工房通いはなくなったかのような印象を受ける。

しかしアスタリスクはあのギャレットが、魔道具の工房に飽きるとは思えなかった。

なにしろ趣味と実益を兼ねているのだから、どんどんのめり込むだろうとさえ思っていた。

そしてその成果がアスタリスクが身につけているいくつもの魔道具やあのグラーヴェ嬢に贈ったペンダントなのだろうとも。

もともとグラーヴェ嬢は美人で人気のある令嬢のようだ。

男性にとてもモテるのだ。

あの妖艶な雰囲気がいいと話している男性たちの話が聞こえたことがある。

なのに父親のレガード侯爵とグラーヴェ嬢がサーカム殿下しか眼中にないから残念だとも。

そんな感じでいつも注目を集める人だったからか、サーカム殿下がグラーヴェ嬢に贈り物をしたという話はあっという間に広まって話題になった。

だが。

「姉さま……僕はどうしてあんなに喜べるのかさっぱりわかりません。その贈り物がどんな作用をするのかも知らずに身につけるなんて、僕には怖すぎです……」

とある日のパーティーで、久しぶりにアスタリスクのパートナーを務めていたセディユがこっそりと、でもしみじみとアスタリスクにそう言った。

魔道具の効用をよく知っているセディユが震え上がっているということは、きっとアスタリスクと同じ考えなのだろう。

「あれは何だと思う？　盗聴器かしら」

アスタリスクも小声でこそこそとセディユに聞いてみた。

「僕にはさっぱりわかりません。でもどうせ殿下が作ったものでしょうから、ろくなものではないんです」

セディユはいろいろな魔道具を見過ぎて、きっとあまり楽しくないものも知っているのだろう。

「あらセディユ、今私が身につけている魔道具のどれかが盗聴器だったら、ちょっとその発言はまずいのではない？」

「それはないですね。あの方がそんなことをして、わざわざ姉さまの不興を買ったりするとは思えません。それにもし殿下が姉さまに内緒で姉さまの全てを聞いて喜んでいるとしたら、さすがに僕も気持ちが悪いです」

「たしかにそれは気持ち悪いわね」

そう言って二人でこそこそ笑い合う。

周りはそれなりに騒々しいので、会場の端なら内緒話もできてしまう。

そしてどうしてそんな端にいるのかというと、つい先ほどセディユを見つけた令嬢やその母親たちに突撃されてしまい、もみくちゃにされた後に逃げてきたからである。

今社交界ではさんざんグラーヴェ嬢がサーカム殿下からもらったというペンダントを自慢して回っているからか、多くの令嬢が贈り物についての話題を持ち出すらしい。

でもあれはおそらく何かしらの目的で身につけさせている魔道具だと思っているセディユは、しかしそうとも言えず、目を泳がせながら「さあ僕にはわかりません」などと繰り返すことしかできなかったようだ。

そのせいでやっと姉のところに逃げてきたセディユは、姉にその鬱憤をぶちまけていた。

「そもそも殿下からの贈り物なんて、ろくでもない目的以外に何があるっていうんですか。なのにあの小さな石のペンダントだけであそこまで喜べるなんて頭がおめでたいとしか――」

こそこそと早口でしゃべっていたセディユがふと黙った。

アスタリスクがセディュの視線の先を見ると、一人の伊達男がこちらに歩いてきていた。

流行の派手な服を着て顔にはにやけた笑みを浮かべている。

どこからどう見ても金持ちの放蕩息子といった風情だ。

アスタリスクは、ちょっと苦手なタイプだと思った。

「場所を移動しましょうか」

そう言って歩き始めようとしたのだが。

「アスタリスク・コンウィ公爵令嬢、こんなところにいらしたのですね！　探しましたよ！」

大声で名前を呼ばれると、逃げるわけにはいかなくなる。

どこの貴族の息子かは知らないが、あからさまに無視をするわけにもいかない。

それを見た人が後からあの人があの人を嫌っているから無視をしたなどとすぐに噂にして、下手するとこちらが悪者になってしまうから。

「ごきげんよう。ええと……？」

困惑した顔をして一応返す。

するとその伊達男はアスタリスクの前まで来て、気取った様子でお辞儀をした後に自信満々な態度で自己紹介をした。

「僕はペザンテ・レガードと申します。アスタリスクさまのお噂はかねがね。お噂どおりの美しさで、僕にはすぐにわかりましたよ！」

「まあ……それはありがとうございます」

レガード！

ということは、レガード侯爵の息子なのだろう。

顔をこわばらせつつ、アスタリスクはどうやってこの場を逃げようか考えた。

（もうこの家族とは関わりたくないのよ！）

見るからにキザな伊達男で印象が悪いのに、今や天敵ではないかとさえ思っているあのグラーヴェ嬢の、おそらく兄。

全力で関わりたくない。

ペザンテは挨拶のキスをするためにアスタリスクの手を取ろうと触れた。

そのとたん。

バチッ！

アスタリスクに触れたペザンテの手が、まるで何かに弾かれたようになった。

「いてっ！　くそっふざけんな！」

ペザンテが悪態（あくたい）をついていた。

その顔と様子がとても貴族とは思えない柄（がら）の悪さで、アスタリスクは驚いた。

どうやらギャレットに渡された魔道具の一つが反応したようだった。

身につけていたペンダントがその瞬間にぶるぶると小刻みに震えていたので、おそらくそのペンダントの効果だろう。

ふと見たら、隣でセディュがにやにやと笑っていた。

「姉には不用意に触れませんようお願いします。姉は、ええと……酷い静電気体質ですので」

セディュは今の現象をどうやら静電気のせいにするつもりのようだ。なので、

「あら、そうなんです〜ごめんなさい。わたくし、なぜかすぐに静電気が溜まってしまう体質みたいで〜」

アスタリスクもしおらしく、ちょっとだけ申し訳なさそうな顔になって言ってみた。

よほど痛かったのか、ペザンテは苦い顔をしながら弾かれた手を振っている。

しかし彼は強かった。

すぐに、

「ではもう放電したことでしょう。改めて……」

などと言ってまたアスタリスクの手をとろうとした。

しかしアスタリスクは知っている。どうせまた同じことが起こるだろう。

なので。

「いえいえ、わたくし悲しいことに、この一瞬でもまた静電気が溜まってしまうのですわ。なので
そのような挨拶は結構です」

「そんなことをおっしゃらないで。私に貴女の手にキスをする栄誉を与えてはくださいませんか」

「でもきっとまた静電気が」

「大丈夫です。僕を信じて。ご存じないかもしれませんが、静電気は一度放電したら大丈夫なんですよ。僕も次は負けません」

バチチッ！

あっさり負けてふっとんでいた。

「本当にすみません。こんな体質ですので……」

正直手袋越しとはいえ、こんなキザ男からのキスなんて受けられなくてよかったと内心思ったアスタリスクだった。

さすがにペザンテも不思議そうな顔をしつつ「なるほど、なかなか大変な体質ですね」と言って、そのまま手にキスをする挨拶は諦めたようだ。

だいたい今はもうこんな挨拶をする人なんてほとんどいないのに。

でもこの伊達男は妙に馴れ馴れしい態度が鼻につくので、きっと日頃からこうやって女性にべたべたと触りたい人なのだろう。

（ギャレットの魔道具があって良かったわ）

初めて魔道具の効果を実感して、ギャレットに感謝したアスタリスクだった。

しかしペザンテはさらにアスタリスクに言い寄るつもりのようだ。

「でも切ないな。これではあなたを誘惑できない」

そう言って顔を寄せてくる。

なんだか強い香水の匂いに混じってお酒の匂いがした。

くさい。

アスタリスクはすすっと後ろに下がりつつ、半分扇で顔を隠して言った。

「まあ、困りますわ。わたくしにはそんな気はありませんの」

するとペザンテはおやおや、とでも言うように両肩を上げて、

「あれ、僕はそんなに魅力がない？　我が家は次の王の一番の側近ですよ？　そしてその家を継ぐのが僕です。なのにまだ結婚していない。僕はとてもお買い得だと思いませんか？」

と自信満々な態度のまま、さらにアスタリスクに身を寄せてくるペザンテ。

さらにアスタリスクは下がって言った。

「わたくし、そのようなことにはあまり興味がないのです」

「それはもったいない。でも貴族社会では家の立場がとても大切なのはご存じでしょう？　もしや、僕が将来父の後を継いで宰相になる男と言われているのもご存じない？」

「興味ありませんわ」

アスタリスクはイラッとしてもう一度繰り返した。

この男、何を言っているのかと思いながら。

今の宰相はアスタリスクの父だし、その後を継ぐとしたらそれはセディユである。

「おやおや。でも貴女もいい年でしょう。そろそろ身を固めなければ、一生売れ残ってしまいますよ。そんな状況で興味がないなどと嘘をついてはいけませんね。せっかくいいものをお持ちなのにもったいない」

　アスタリスクの胸あたりを見ながら、ペザンテがにやにやと下品な笑みを浮かべて言った。

　アスタリスクは寒気で鳥肌が立った。

　どうしよう、殴ってやろうかしら。

　アスタリスクがそう思ったときだった。

「はいすみません！　ちょっと距離が不適切ですのでもう少し離れていただけますか！」

　セディユが決死の顔をして割り込んできた。

　できたらこんなことはしたくないが、どうしてもしなければならぬのだという並々ならぬ決意の顔だった。態度と声がちょっとだけ自棄っぱちになっている。が。

「おやセディユくん、なんて無粋(ぶすい)な。大人の男女が恋を語るのにはこれくらいの距離が一番いいのですよ。ああ、まだ学院を卒業もされていないお子さまではわからないかもしれませんがね。なにしろ今まさに僕たちの恋の邪魔になっていることもわかってはいないようですから」

　苦々しい顔をしながらも一歩下がったペザンテが、セディユを睨んで言った。

「姉は興味がないと言ったはずです。なのに男らしく引かないのはどうかと思います！」

「なんだと？　子どものくせに生意気な！」

「ペザンテさま……ええと、わたくしそろそろ行かなければ」

このままでは喧嘩になってしまうと心配したアスタリスクは、セディユの後ろから声をかけた。

だがペザンテは止まらない。

「アスタリスクさま、この弟君は少々過保護に育ったようですね。もう少し姉君のために遠くから見守ることを教えた方がいい。でないと貴女が良縁を逃すことになりますよ」

「わたくし、本当に今はそのようなことには興味がないのですわ。ですからわたくしの将来を心配してくださる必要はありません。あなたの妹君という、心強い先輩もいらっしゃいますしね」

それは、独身のグラーヴェがアスタリスクよりも年上であることを揶揄するものだった。

ペザンテはさっと顔を赤くして、怒ったように言った。

「グラーヴェのことを言っているのなら、彼女の心配こそ無用です。妹はサーカム殿下と結ばれるのを待っていた結果なのですから。けっして嫁ぎ先が今までなかったわけではない」

「そうですか。わたくしも、今嫁がなくても何も困りませんのよ。それでは失礼」

アスタリスクはもういいだろうとペザンテの横をすり抜けて去ろうとした。

ふと見たら前方にランドルフがいる。

急いでこちらに向かっているところのようだ。

自分の味方が増えたことにちょっと安心したアスタリスクは、そのままランドルフの方に一歩踏み出した。

そのとき、ペザンテが逃がさないとでも言わんばかりにアスタリスクの腕をつかんだ。

バチイッ！

そしてまたふっとんでいた。

「くそっ！　ムカつく！」

「まあごめんなさい。今日は静電気が特によく溜まる日みたいで」

そこにちょうどランドルフが到着した。

「アスタリスクさま、大丈夫ですか？」

「あ、ランドルフさま。わたくしは大丈夫ですわ。でもペザンテさまには悪いことをしてしまいました。わたくしの酷い静電気体質のせいで」

「はは……見ましたよ。なかなかの威力でしたね」

ランドルフが意味深な目線をアスタリスクによこしながら笑った。

「そ、それではペザンテさま、失礼します！　姉に他の人が触れないよう見張らないといけないので！」

「そうだな！　その体質ではその方がよさそうだ！」

痛かったらしい右手を思いっきり左手でさすりながら、悔しそうにアスタリスクを睨んで言ったペザンテだった。

こちらを睨むペザンテを後に、そそくさと会場のまた違う人気のないところに移動した三人は、こそこそと内緒話をすることになった。

「先ほどのは、魔道具ですね？」

「そのようです。ペザンテさまが私に触れるたびにサーカム殿下からいただいたペンダントが震えていましたから」

「さすがですね殿下。ぜったいに姉さまを他の男に触らせないという強い意志を感じます。しかも容赦が無い」

「私もうっかり触れないようにしなければ。初めて見ましたが、あれは痛そうだ」

「そうですね。ランドルフさまにもおそらく容赦ないでしょうね。よろけてぶつかっただけでもきっと作動しますよ」

なにやら男二人がこそこそとギャレットの悪口を言っているような気もするが、それでもペザンテのしつこい絡みを撃退できてアスタリスクはほっとしていた。

「でもなぜ初対面であんなことを言い出したのかしら？」

「あんなこと？」

ランドルフが怪訝そうな顔をしたので、セディユとアスタリスクは先ほどのことを説明した。

「でも初対面なのよ。なのに、普通そこまで話が飛躍するもの？　しかも自分は未来の宰相になるとか、勝手なことまで言って」

アスタリスクは怒っていた。

改めて思い返すと、まるで「売れ残りそうで焦っているだろうからこの俺さまが拾ってやるぞ泣いて喜べ」とでも言っているようではないか。

「きっと父親の権威を笠に着て驕っているのでしょう。最近は特に女遊びが酷いともっぱらの噂です。身分の上下も関係なく、さまざまな女性に関係を持ちかけるとか」

「なんてこと……クズじゃあないの」

思わず口に出てしまったアスタリスク。そんな男と結婚なんてするくらいなら一生独身がいいとしみじみ思った。

「あの短い時間で三回もふっとんでいましたからね。一度や二度でも諦めないあたり根性があります」

「それ褒めてないから」

ペザンテのような男と遭遇したショックと、セディユや級友ランドルフと一緒にいる気の緩みでつっこみがとまらなくなったアスタリスクだった。

「しかし魔道具が適切に作動したようでよかったです。殿下から護衛を命じられているのに、大事な場面でお守りできなくて申し訳ありません」

ランドルフがほっとしたような顔をした。

「あら、大丈夫よ。殿下の魔道具もあるし、セディユもいてくれたから」

「それでも近くにいるべきでした。なぜかあなたのところに行こうとすると話しかけられてしまって、振り切るのに時間がかかってしまいまして」

「ご婦人方は強引な方も多いですもんね……」

「そうなんです。急いでいると言っても聞いてくれないどころか、なぜかみなさん私の進む方向に立たれるので」

そして「今最も結婚したい独身男性」という立場の二人は、深いため息をついていた。

ふと見ると、今もそんな二人を熱い視線で見つめているご婦人方や令嬢たちがちらほら見える。

そして同時に、そんな二人と一緒にいるアスタリスクのこともチラチラと見ているようだ。

あの目……私、そのうち刺されないといいのだけれど……。

一方ペザンテの方はというと、上手く言い寄るつもりがなぜかそんな雰囲気にならず、それどころか冷たくあしらわれたことに腹を立てていた。
「くそ生意気な女め。いつか吠え面(づら)かかせてやる！」
他の女はみんなちやほやしてくるのに、あの女は全く興味を示そうとしない。
時の権力者となったレガード侯爵家の嫡男という立場に加え、それなりに良い容姿を持つペザンテはどんな女性からもちやほやされて当然だと思っていた。

誰もが自分と仲良くし、機嫌をとってくるのが当たり前なのだ。

なのにあのアスタリスク・コンウィだけは。

サーカム・ギャレット第一王子と恋仲だというが、あの父であるレガード侯爵を敵に回して勝てるわけがない。

息子の自分でさえたまに怖くなるほどの野心と狡猾さ。

それを知らないから自分にあんな態度がとれるのだ。

いつかアスタリスクが自分の惨めな状況を自覚したとき、俺にどんな態度を取るのか楽しみだな！

ペザンテはぎりぎりと歯を食いしばった。

あの女、絶対に後悔させてやる……！

「怖い顔ですねえ。余裕で落とすんじゃなかったんですか？」

そんなペザンテに話しかけてきた女性は。

「……フィーネ。お前こそとっくにあの女を始末してるはずじゃあなかったのか？」

フィーネは今はレガード侯爵の家に居候という立場なので、ペザンテとも面識があった。

ペザンテは遊んでばかりであまり家に帰らないので、それほど話したこともなかったのだが。

ただ、父とフィーネの関係はうすうす知っていた。

「私はちゃんと言われた仕事をしました！　あの卵が孵ったら、かけた呪いの魔術で絶対に惨劇が起こるはずなのよ。もうとっくに孵っていてもいいくらいなのに、どうして今も怪我一つしないでピンピンしているのかわからないわ。あんたの父親の魔道具が壊れていたんじゃないの？」

「お前……！　こんなところで危険なことを言うなよ。俺まで巻き込まれるじゃないか。勘弁してくれよ魔道具とか魔獣とか、王に睨まれたらさすがの俺たちもただでは済まないんだぞ」

ペザンテが慌てて小声でフィーネに文句を言う。

「でも私の仕事は完璧だったの！　もしも計画通りじゃないなら、他に原因があったのよ。私は知らない。私のせいじゃない！」

それでもフィーネはそんなことはどうでもいいとばかりに言った。

なにしろ魔力を提供して魔道具を動かしてやることだけが、今のフィーネがレガード侯爵家に対して誇れる唯一の能力なのだ。その能力を疑われるのはフィーネの立場にかかわる。

「ま、何が原因だったのかは知らねえが失敗ということだろうよ。だからおやじが俺にあの女をどうにかしろとか言い出したんだろうが。ああくそめんどくせえ」

ペザンテはそれを苦々しく思っていた。

まだ二十代後半の彼は、まだまだ遊んでいたかった。

なのに格上の公爵令嬢なんてものに手を出したら、もしもバレたときは責任をとって結婚しなければならないではないか。

だがアスタリスク・コンウィが今、レガード侯爵家最大の障害であることもわかっていたので、父からアスタリスクに近づいてどうにか排除しろと言われたら協力しなければならないだろう。

できるだけこっそり落として、いつものように上手く立ち回ってさっさと逃げるしかない。

そう思って人が少ないところにいるのを見計らって声をかけたのだが。

「でもあんたも失敗したみたいじゃないの」

「うるさい！　ベッドまで持ち込みさえすればこっちのもんなんだよ！」

「まあせいぜい頑張って。あんたのベッドまであの女が大人しくついてくるとは思えないけど」

問題はそこである。

ペザンテは、どうやったらアスタリスクをものにできるかを考えていた。

事さえ終わらせてしまえば、もう騒ぐことはできないはずだ。

……少々乱暴なことになったとしても。

そこまで考えて、なんだかそんなに難しいことでもないような気がしてきたペザンテは、あっさりと機嫌をなおして言った。

「まあ見てろって。近々ちゃんとやってやるからよ」

アスタリスクに近づくためにわざわざパーティーにまで来たのに、今日はとんだ無駄足だった。

だが、それならまた違う手を考えればいい。

もうこの場に用のなくなったペザンテは、そのまままっすぐ、いつもの娼館に向かうことにした。

第五章

ティーパーティーと専属執事

Chapter 5

立場的にも仲がいいとは言えない第一王子と第二王子が同じパーティーに参加することは、あまりない。

王族が参加するほどのパーティーとなれば、事前にだいたいどんな人物が来るのかがわかるからだ。

だが昼間に開かれる貴族夫人主催のお茶会、しかも大規模なものになると、その主催する夫人の人脈や好みで招待される人が変わる上にそのパートナーという形で主催者の知らない人が参加することもある。

そのため事前に誰が来るのか完璧には読みにくい。

特にロンド公爵夫人のような中立を貫いている立場の人だと、本当に派閥とは関係なく個人的な繋がりのみで招待客が決まるのだから。

だからその結果、このようなことになってしまうこともあるだろう。

いやもしかしたら、今日のお茶会の主催であるロンド公爵夫人がわざと仕組(しく)んだのかもしれないな、とアスタリスクは密かに思った。

第一王子サーカムと第二王子フラットは、それぞれのパートナーとともにロンド公爵夫人のお茶会の会場で久しぶりに再会した。

フラットの腕にはフィーネがぶら下がっている。

サーカム・ギャレットの隣には、アスタリスクが立っていた。

もともとロンド公爵夫人は、王族は正式にはフラットを招待していたと思われる。

そしてアスタリスクも呼んだ。

そうした上でサーカム・ギャレット第一王子に「茶会にはアスタリスクも来る」と伝えたのだろう。

今日はセディユをパートナーに出席の予定だったアスタリスクは、突然サーカム・ギャレット第一王子から手紙をもらった。

「あなたが参加すると聞きました。夫人からもよろしければ殿下もぜひと言われましたし、なにより私があなたにお会いしたいのです。なんとか仕事を片付けて監視もまいて抜け出しますから、ご褒美に私をパートナーにしていただけませんか？」

最近のサーカム殿下はレガード侯爵がいろいろと面倒な仕事を押しつけるせいで、なかなか公の場に出てこれないようだと父のコンウィ公爵からも聞いていた。

たしかに彼が出席するパーティーが少なくなっている。というより、ほとんどない。

考えてみたら、アスタリスクはもう随分サーカム・ギャレットと会っていなかった。

アスタリスクも寂しく思っていたところなので、もちろん快く承諾の返事を送った。

久しぶりの再会。しかも今日はずっと一緒にいられる。

それが嬉しくて、ついこのような場面を全く想定していなかったのが悔やまれた。

ふとロンド公爵夫人の方を見たら、とても楽しそうな顔をしてこちらを見ている。ということは、きっとこれが企んだとおりの展開なのだろう。

「こんなところで兄上に会うとは驚きましたよ。それに……兄上のパートナーにも」

フラットが苦々しく言った。

「アスタリスク嬢が参加すると聞いてね。俺もまさかここで君に会うとは思わなかったが」

「アスタリスクさまもいらしていたんですね！　お久しぶりですぅ」

フィーネが上機嫌でにこにこしていた。

フィーネは社交界にデビューしたとはいえ男爵令嬢という身分の低さと去年の学院でのスキャンダルのせいで、このような公爵家主催の催しには普段は呼ばれないはずだ。

だから今日はフラットのパートナーとして公爵夫人主催のお茶会に来られたのが嬉しいのだろう。

「お久しぶりです。今日は良いお天気でよかったですわね」

せっかくのギャレットとの再会を楽しもうと思っていたのに、なんだか嫌な予感がし始めたアスタリスクだ。

「まったくだ。お互い今日を楽しもう。では」

サーカム・ギャレットも同じように思ったのだろう、すぐにアスタリスクを促してその場を去ろうとした。

しかしフラットがアスタリスクに言った。

「そういえばアスタリスク、この前の僕の贈り物は気に入ってもらえたかな？　あの鳥の卵は孵ったかい？」

「わあいいですねえ！　殿下からの贈り物なんて、さぞや素敵な鳥さんなんでしょうねえ！」

フィーネも白々（しらじら）しく言ってくる。

仕方がないので、アスタリスクはフラットの方に向き直ると正直に答えた。

「おかげさまで、とても素敵な鳥が生まれましたわ。我が家で大切に育てております」

実際はレジェロや他の鳥たちに厳しくしつけられているという方が正しいかもしれないが。

「えっ？　生まれたの……？」

フィーネが驚いていたが、アスタリスクにはどうしてフィーネが驚くのかわからなかった。

だがフラットは、そのアスタリスクの返答にとても上機嫌になったようだ。

「そうだろうそうだろう！　とても珍しい鳥だと聞いていたからな。こんどその鳥を僕にも見せてくれ、アスタリスク」

「フラット。アスタリスク嬢を呼び捨てにするのは感心しないな。敬意をもって接するべきだろう。

ところでフラット、その卵はどこから手に入れたんだ？」

おおまかなことは父王とコンウィ公爵から聞いているサーカム・ギャレットは、いかにも気に食わないとでも言いたげにフラットに聞いた。が。

「は？　兄上には関係のないことでしょう。それにアスタリスクは僕の婚約者だったのですよ。この呼び方は昔からです」

それを受けてフラットもイライラと言い返す。

「でも今はお前の婚約者ではない。そこはきちんとけじめをつけて態度を変えるべきだろう」

なんだか雲ゆきが怪しくなってきた。

ロンド公爵夫人も、王子二人の兄弟喧嘩を見たかったわけではないだろうに。

と、そこにまたもう一人。

「まあまあサーカム殿下、長年の習慣はそう簡単に変えられないものですわ。フラット殿下にとってアスタリスクさまは元婚約者、きっと今でもアスタリスクさまは特別な存在なのでしょう」

「わたくしにとってはもう全く関係のない方ですけれどね？」

意気揚々と割り込んできたグラーヴェ嬢の言葉に、つい反射的に答えたアスタリスクだった。

こんな噂好きの貴族夫人や令嬢たちの見守る中で、フラットとの関係を蒸し返されるのがとても嫌だったから。

しかしグラーヴェはそんなアスタリスクの言葉をあっさり無視して、アスタリスクとは反対側の

サーカム・ギャレットの腕を抱え込みながら、

「このお茶会にいらっしゃるなんて知りませんでしたわ！　もう、いらっしゃるなら私をパートナーにしてくださらなくては。私にも体面というものがありますのよ！　もちろん殿下は今日は私と一緒にいてくださいますよね？」

と言ってサーカム・ギャレットの腕を引っ張ったようだ。

サーカム・ギャレットの体がかすかに揺れた。

最近はなかなか顔を出さないサーカム・ギャレットが恋しいせっかく恋人同士になったのになどと、パーティーに出ては周囲に嘆いていたグラーヴェなのでここにサーカム・ギャレットが現れて嬉しいのだろう。

しかしサーカム・ギャレットは今までよりもさらに冷たい声でグラーヴェに言った。

「グラーヴェ嬢、私は今日はアスタリスク嬢のパートナーとして参加しています。貴女のお相手はぜひ他の方に」

しかしグラーヴェ嬢は全くめげないようだ。

「殿下……そんなの私、悲しいですわ。いくらアスタリスクさまのパートナーがいなくて可哀想だからと言って、それでは私の立場が……あ、それなら！　ねえアスタリスクさま？　今日は私、兄と一緒に参加していますの！　兄がアスタリスクさまともっとお近づきになりたいと申しておりましたし、よかったらパートナーを交換しませんか？　いいですわよね？」

そう早口で言うと、さらにサーカム・ギャレットの腕を引いた。

「グラーヴェ嬢。私はパートナーの交換はしない。アスタリスク嬢に他のパートナーは必要ない」

「でも殿下、それでは殿下が私よりアスタリスクさまの方が大切だと周りは解釈するのですわ。このような大勢の前で私に恥をかかせるようなことはされませんよね？」

グラーヴェがちょっと拗ねたように言う。

「……」

アスタリスクはその状況を見つめながら、グラーヴェのすっかり恋人気取りの態度にイライラしていた。

正式に婚約者になったわけでもない、ただペンダントをもらったというだけで、ここまで思い込めるのはなぜなの？　と思いながら。

今ここでアスタリスクが大人しくしていられるのは、自分の腰に回されたサーカム・ギャレットの手があるおかげだ。

しかしグラーヴェは全くそんなことには頓着していないようで。

「アスタリスクさまはきっとフラットさまと、その贈り物の鳥とやらについてお話したいと思っていらっしゃるに違いありませんわ。だから私たちは邪魔しないようにしましょう。ね？」

甘えるようにサーカム・ギャレットの腕にもたれかかり、馴れ馴れしく肩に頭を乗せる。

その様子に、ぷちっとアスタリスクの頭の中のどこかが切れた。

アスタリスクはこの場にいる全員に聞こえるように、はっきりと言った。

「わたくし、これ以上フラット殿下とお話することはありませんわ。いただいた鳥は我が家で健康に育っております。フラット殿下が鳥を見たいとおっしゃるなら、父に言ってくだされればいつでも見ていただけます。あの鳥は今は当主である父の管理になっていますので、私の一存ではなんとも。それよりもわたくし、少々喉が渇きましたわ。そろそろみなさま、お茶会に戻りませんこと？」

それは、これ以上王子同士の喧嘩もさせず、グラーヴェの小芝居もやめさせるための提案だった。少なくともお茶会に戻ろう、そう言えばこの場は解散になって、またおのおのでお茶とお菓子を楽しむ流れになるのではないか。すると。

「そうですね。それはいい考えです。私もそろそろ座りたいと思っていたところです」

そう言って、サーカム・ギャレットはアスタリスクの腰から手を離した。

「じゃああそこに……」

グラーヴェが嬉しそうにサーカム・ギャレットを人がたくさん座っている方へ誘導しようとした、そのとき。

「ではグラーヴェ嬢、失礼」

そう言うとサーカム・ギャレットは、アスタリスクから離した手でもう片方を抱え込んでいるグラーヴェの抱擁を丁寧な仕草(しぐさ)で解いた。そして、

「ああ、あの木陰(こかげ)あたりがよさそうですね。アスタリスク嬢、私たちはあそこに行きましょう」

そう言ってサーカム・ギャレット第一王子は満面の笑みになっていそいそと、アスタリスクの腰を抱きなおし、そのまま少し離れたところにある木陰へと歩き始めた。

「え？　サーカム殿下……？」

その困惑した声にアスタリスクは、グラーヴェは本気でサーカム・ギャレットがアスタリスクを捨てて自分を選ぶと信じていたのだろうと思った。

自分の後頭部に、グラーヴェの視線が突き刺さっているような気がする。

そんな状況の中、サーカム・ギャレットがアスタリスクを見つめながらゆっくりと歩いて向かった先の木陰では、王子の言葉を受けて主催のロンド公爵夫人が急いで二人分のお茶の席をしつらえてくれていた。

「やっと静かになりましたね」

腰を下ろして、ほっとしたように言うサーカム・ギャレット。二人きりになって機嫌も直ったようだ。

しかしアスタリスクは複雑な気分だった。

「そうですね。でもこれはそもそもあなたの蒔(ま)いた種では？　グラーヴェ嬢にアクセサリーなど贈るからこうなるのです」

そう。それさえなければあそこまでグラーヴェが勘違いをすることはなかっただろうと思うのだ。

そしてアスタリスクが他の令嬢たちに憐れみや同情の目で見られることも。

だが、サーカム殿下は少し困惑したように答えた。

「俺は贈ってはいません。誤解です。それを伝えるためにも今日貴女と会えるように頑張ったのです。俺は盗聴用の魔道具がいい出来だったので、出来心で適当な理由をつけて珍しい石としてレガード侯爵に渡したのです。そうしたら、侯爵が勝手に装飾を施してペンダントにして娘に渡してしまった。あの様子では娘には俺から贈られたと伝えていそうですがね」

「ええ……レガード侯爵はそんなことをしてあなたの怒りを買うとは思わなかったのかしら？」

「宝石は自分が持つより若い女性が持つ方が価値がどうとか言い訳して知らせてきましたよ。我が家に賜った宝は我が家の宝である娘が持つのに相応しいとかなんとか。侯爵はただ単に俺から娘に宝石を贈ったということにして、周りの貴族に俺と娘との婚約の圧力をかけたかっただけなんでしょうが、思ったより娘が勘違いして騒いでしまったようです」

「グラーヴェさま……殿下から直接もらったと言っていたからてっきりそうだと」

「直接『父親に』渡しました。ただあれに盗聴機能があるとわかって娘に譲った可能性も捨てきれないのが問題です。はっきりとした理由はわかりませんが、自分は持っていたくなかったのかも」

「そんなことわかるもの⁉」

アスタリスクは驚いた。

アスタリスクの目にはただの赤い石にしか見えないのに。

近づいて魔力を感じたとしても、だからといってそれが何を意味するのかもわからない。

「現にあのグラーヴェ嬢も魔道具を使っています。他愛もない量産品ですが。そして高価な魔道具を複数所持していたフィーネ嬢も理由をつけて保護している。レガード侯爵の周りには妙に魔道具が多いんです。魔道具に詳しい可能性があります」

「なるほど……じゃあ同じような魔道具を持っているかもしれないのね」

「もしくは何の作用のある魔道具なのかを判別できるようなもの」

「でもうっかり聞くわけにもいかないのね。『あれが魔道具だと知っていたのか？』なんて」

「ただ俺が自分の工房を作っていろいろ作っているのは知られているので、それが魔道具だという推測をして警戒されたかもしれないですね」

サーカム・ギャレットは珍しく難しい顔をしていた。

今までは相手に悟られないように魔道具を使うことで状況を有利にしてきた彼だけれど、レガード侯爵にはそれが通用しないかもしれないということだ。

それは彼にとって、厄介な状況なのだろうと思われた。

「その結果のあのグラーヴェさまなのね」

「おかげで彼女の会話は私生活まで丸聞こえですよ。聞こうとしたのはそれではないのに」

サーカム・ギャレットが苦笑いした。

「うわあ怖い……ところで、私が身につけている魔道具にはまさかそんな作用のあるものはないでしょうね？」

「もちろんありませんよ。貴女に差し上げた魔道具は他の男が触れないようにするものや危害を加えられそうになったら守るものばかりです。ああ、あと伝えていませんでしたがその指輪は石を強くひねると緊急事態を知らせる発信器として使えます」

「はっしん、き……？」

「そうです。普段からあなたのいる場所を教えてくれるものなのですが、普段の電波は微弱すぎて建物の中だと反応が悪いのが欠点で。でも石をひねると強い信号を発信するようになります。ただその分発信している時間は短くなり、半日ほどしか持ちませんので緊急事態のときだけお使いください。秘密保持のために直接二人きりのときに伝えようと思っていて遅くなりました。すみません」

「まあ……知らなかったわ。教えてくれてありがとうございます。ではランドルフさまも知らないのですね？」

「知りません。彼には連絡係を頼んでいますが、必要以上に知ると危険に陥る可能性がありますから」

「レガード侯爵に狙われるとか？」

「そうです。彼には、あまり警戒されない立場で密かにあなたを守ってもらった方がいい。それにこれ以上あいつとあなたが仲良くなるのも……」

「え？」

サーカム・ギャレットは尻すぼみに声が小さくなって、最後の方はアスタリスクには聞き取れなかった。

でもサーカム・ギャレットはなんでもないというように手振りで示してから話題を変えた。

「できるだけ早くレガード侯爵をどうにかできる弱みを見つけたいと思っているのですが、あちらもなかなか狡猾で難しいのです。彼さえどうにかできればあとは説得できるはずなのですが。あ、お茶のおかわりはいかがですか？　お注ぎしましょう」

「ですから殿下、殿下にそんなことをさせるわけには」

「いいえこれは俺の趣味ですから、やらせてください。ああもうお茶が冷めてしまいましたね。……君、新しいポットを」

サーカム・ギャレットはまずアスタリスクにお茶を注ごうとして、そのポットが熱くないことに気がつくとそのまま流れるように近くにいた使用人に新しいポットを持ってくるように指示した。

新しいポットに自分でお湯を注がなかっただけよかったわ、と、アスタリスクはちょっとだけほっとした。王子の行動として許されるギリギリを攻めるサーカム・ギャレットを見ているとはらはらする。

これで王子が自らポットを交換しに行っていたら、さすがにアスタリスクまで何を言われるかわからないところだった。

ロンド公爵家の使用人がすぐに熱いお茶の入ったポットを持ってきた。

するとは当たり前のような顔をしてサーカム・ギャレットはそのポットを受け取り、うやうやしくアスタリスクのカップにお茶を注いで、そのまま砂糖とミルクまでカップに入れてくれたのだった。

「殿下、やりすぎです。お砂糖もミルクも自分でできますわ」

「でも俺は貴女の好みを知っていますから。俺の前であなたのお手を煩わすようなことはさせませんよ。そしてこの立場を他の男に譲ることも！」

「でも殿下……周りの目が……」

アスタリスクは、自分とサーカム・ギャレットに注がれているたくさんの視線をひしひしと感じていた。

アスタリスクは自分の顔が赤くなっていて、それが周りにバレているような気がした。

この段階で、まだ誰も二人に話しかけようという人は現れない。

たくさんの貴族夫人や令嬢たち、そしてそのパートナーの目には、きっとうっとりとアスタリスクを見つめてかいがいしく世話を焼くサーカム・ギャレット第一王子の姿がこれでもかと焼き付いていることだろう。

わざと見せつけているのか本当に好きでやっているだけなのか。

でもギャレットがあまりに楽しそうで、アスタリスクは彼を止めることができなかった。

そんな光景を遠巻きに眺めていたとある夫人が、憮然と座るグラーヴェをちらりと見てからわざ

とらしく聞こえるように言った。

「こうして見るとあのコンウィ公爵令嬢の指輪やペンダント、それにあの髪飾りにもついているあの赤い石、そういえばグラーヴェさまの殿下からいただいたというペンダントの石と似ていませんこと？」

「そういえば……もしかしてあれらも殿下からのプレゼントなのでしょうか」

「まあそう言われたら……そうかもしれませんわね。最近のアスタリスクさまはいつもあのアクセサリーばかり身につけていらっしゃいますもの。ドレスはいろいろお召しですけど、アクセサリーはあの三つを必ずつけていらっしゃいますわ」

「ということは、グラーヴェさまにはペンダントだけだけれど、アスタリスクさまはもう三つも殿下から贈り物をされているということ？」

「まあ、アスタリスクさまが何もおっしゃらないからわかりませんでしたわ！」

一人の夫人の言葉に、周りの人たちの多くが同調し始めた。

「あっ！　みなさまご覧になって！　殿下からアスタリスクさまに今、また贈り物を……あれは何かしら？　まあ！　殿下自らつけて差し上げるなんて、なんてロマンチックなんでしょう！」

「イヤリングのようですわね！　これでアスタリスクさまは、もうご自分でお持ちのイヤリングは使えませんわ。なにしろ殿下からの贈り物ですもの！　いったい殿下の贈り物はいくつまで増えるのかしら！」

最初は遠慮がちに二人の様子をちらちらと盗み見していた人たちは、今や驚きとともにおおっぴらに見つめてはあれこれ感想を言い合っていた。

王子がアスタリスクにかいがいしく何か世話をするたびに、若い令嬢たちからきゃあきゃあと黄色い声が上がる。

ただその中で、とある一角だけは不穏な空気を漂わせていたが。

「なによ。あんなのただ愛人に宝石を贈っているのと同じじゃない！　あれのどこがロマンチックなのよ！」

グラーヴェが隣のペザンテに小声で文句を言い、

「フラットさまあ、フィーネもあんな風に素敵なアクセサリーをプレゼントされたいですう」

とフィーネがフラットに甘えたように言い、

「ふん。こんなところであんなにわざとらしく注目を集めるなんて、なんて小賢しい」

とフラットは異母兄を睨んで怒っていた。

しかし大半はアスタリスクとサーカム・ギャレットの様子を眺めて、いったいサーカム殿下はどんな甘い言葉をアスタリスクに語りかけているのだろうと想像を膨らませて楽しんでいる人が多いようだ。

まさか本当は二人が、

「やっと開発できたのでお渡しします。このイヤリングは俺と通信ができる魔道具です。俺のピアスに繋がるようになっています。石を引っぱると起動しますので、そのままお話しください」

「石を押し込めば通信が切れるということ？」

「そうです。ただ、魔力の貯蔵にまだ問題があって解決できていないので、あまり長く通信できません。魔力切れが早いのです。ですが、緊急時には十分使えるはずです」

そんな、ロマンチックとはかけ離れた話をしているとは誰も思わなかっただろう。

しかし二人は真剣だった。

「わかりました。では緊急時だけ使うようにしますね。魔力が私でも補充できるといいのですが」

「あなたならもしかしたらできるかも。でも少し練習が必要かもしれません。俺も本当はずっと作動させておきたいくらいなのですが……緊急時だけにすればしばらく持つはずです。レガード侯爵に邪魔さえされなければ、魔力の補充を口実に毎日あなたに会いに行くのに」

「殿下、あなたはお仕事が忙しいと父から聞いていますよ。無理はしないで。魔力の補充は自分でもやってみますから。実はあの鳥とお話ができる指輪には、最近自分でも魔力を入れることができたの。だからきっとこのイヤリングにもできると思うわ」

「さすがアスタリスクさま。ではこのイヤリングだけでなく、他の魔道具にも補充できたらお願いします。いざというときに魔力切れではいけませんから」

「いざというときなんて、ないと思うけど……」

「それはわかりません。でもあなたに何かあったら、俺の心は張り裂けてしまいます。十分に気をつけてくださいね。俺のために」

「殿下、そんな大袈裟すぎますわ……」

まっすぐに見つめてくるサーカム・ギャレットの視線に耐えられず、恥ずかしくなったアスタリスクは思わず視線をはずして言った。

そんなアスタリスクの赤くなった耳に手を添えながら、サーカム・ギャレットは優しく笑った。

「いいえ、何も大袈裟ではありません。貴女を傷つける人間は、全員俺が地獄へ送ります。さあこのイヤリングは特に魔力の持ちが悪いので、今もできるだけ魔力を補充しておきますね」

「きゃあ〜〜！　殿下がアスタリスクさまの耳に、触れ……なんて優しく……！　あんなにとっても親密な様子でいったい、どんな甘い会話をしているのかしら……！」

一人の令嬢が興奮のあまり叫んでいた。

「わたくしたち、もしかしたら世紀の愛の告白を見ているのかもしれませんわよ……！」

違う令嬢がうっとりとそんなことを主張していた。

「ふん、あの殿下は甘い言葉なんて言う柄じゃあないのに、そんなことも知らないのね！」

グラーヴェは悔しそうな顔をしてそう言ったが、誰も聞いてはいないようだった。

グラーヴェの隣にいるペザンテが、そんな妹と楽しそうにいちゃつく二人を見比べて不機嫌そうに黙っていた。

そのお茶会の後は、グラーヴェ嬢が少し大人しくなった気がしてアスタリスクはほっとしていた。

アスタリスクがたくさんの人が見ている前でサーカム殿下から贈り物をもらったことで、殿下が贈り物をするのはグラーヴェ嬢だけでないと誰もが知ったからだ。

（贈り物といっても、全部魔道具なんですけどね）

もちろんそれは言わないけれど。

それでも人前に出るたびに「まあそれが殿下からの……」とか、「そういえば他のアクセサリーも同じ石を使っていらっしゃるということは……」とか、何も言わなくてもまわりが勝手に解釈して納得してくれるので、アスタリスクはただ微笑んでいるだけでよくて大変楽をさせてもらっている。

そしてそんな話と一緒に、サーカム殿下がいまだにアスタリスクに好意を寄せ続けているのだという話も浸透していっているようだ。

アスタリスクは今も、あのサーカム・ギャレット第一王子が単なる好意で本物の宝石を人に贈る人なのかは知らない。

でもサーカム・ギャレットが人前で堂々とアスタリスクに贈り物をしたという事実は、社交界の人々に強烈な印象を与えたのは確かなようだ。

あからさまに大勢の前でグラーヴェから嫌味を言われたりすることもなくなって、正直なところ嬉しい。

うっかり二人きりになったときに、

「いい気にならないで。サーカム殿下と結婚するのは私だって、もう決まっているんだから！」

と怖い顔で言われたくらいだ。

もちろん父からは、そのような決定があったとは聞いていない。

しかしレガード侯爵家というのは、誰もが強気なのだなとアスタリスクは思った。

今もパーティーに出ると頻繁にペザンテがやってきてはアスタリスクに馴れ馴れしく触れようとして、漏れなく「静電気体質」の被害にあっている。

グラーヴェといいペザンテといい、その都合の良い思い込みと妙に積極的な行動の原動力はなんなのだろう？

グラーヴェもペザンテも、本気で恋しているようには見えない。

なのに、上辺で愛を語れるのがすごいと思う。

（私にはちょっと、できないことだわ）

ただそれは、社交界という特殊な世界では当たり前なのかもしれない、とアスタリスクは最近思い始めていた。

「もう僕返事を書くのもうんざりです～」

家ではセディユが、げっそりとしてそう言うことが格段に増えていたから。

パーティーを通して知り合ったご婦人方からの「ささやかな家族だけの集い」のお誘いや、令嬢たちからの明らかにデートに誘ってほしいと匂わせているお手紙などが、連日大量にセディユ宛に届くようになっているのだ。

みんながみんな、セディユのことをいたく気に入り、賛美し、令嬢たちは愛を語るらしい。

育ちの良い公爵令息であるセディユは、なかなかそんな誘いを無視することもできずいちいち断りの返事を書く日々にうんざりしているようだ。

アスタリスクはちょっと可哀相になり、セディユに言ってみた。

「なら、もう執事に断りの返事を書いてもらえば？」

「そんなことをしたら、次に会ったときに『事務的なお返事ばかりなんて酷い』とか言われませんか」

「……言わせておけばいいんじゃないかしら。むしろこのままでは下手したらセディユと文通していると言い出してもおかしくなさそうな令嬢もいるんじゃないの？」

「ああ……いますね……います……まずいですね……」

げんなりしたセディユは、「もうどうとでもな～れ～」などとぶつぶつ言いながら、執事にこれからは全て断るようにと告げに行くために、よろよろとした足取りで部屋を出て行った。

――せでぃーおつかれ？

――せでぃーなきそう？

――せでぃーよわってる？

――かわいそうねー？

窓にとまって見ていたらしいレジェロたちが、首をかわいらしく倒しながらそんなことを会話していた。

火の鳥は相変わらず生意気だったが、最近は空気を読むようになっている。成長である。素晴らしい成長である。

体もひとまわり大きくなって赤く輝く羽も美しく、長く伸び始めた尾羽と大きな翼という優美な姿でコンウィ公爵家の広い庭園を飛ぶその光景は、まるでおとぎ話に出てくる伝説の火の鳥そのもののようだ。

その成長にほっこりしたのはアスタリスクだけでなく、セディユも公爵夫人である母も、そして生意気なばかりに何か問題を起こすかもしれないと戦々恐々としていたコンウィ公爵もだった。

最近久しぶりに家族でお茶をしていたときのこと。

コンウィ公爵がしみじみと言ったものだ。

「あの火の鳥が何も問題なく過ごしてくれていて本当によかった。なにしろどんな些細なことでも王宮に報告義務があるからな」

「まああなた、あの子にはドロップちゃんという名前があるのですから、ちゃんと名前で呼んでくださらないと」

「それにしてもあのドロップ、見事に姉さまに懐きましたね。もう言いなりじゃあないですか？」

「うふふ、とってもいい子よ？　ねえドロップ？」

「ぴぃーー！」

（あすたーおやつちょうだい！　おやつちょうだい！）

そう言ってアスタリスクのところに飛んでくるドロップは、もう今ではレジェロたちよりずっと大きいというのに、まるで言動がレジェロたちと同じになっていた。

つまりは、食いしん坊ということだ。

驚くことにこの火の鳥ドロップは、今では何でも食べるようになってた。

はじめはアスタリスクたちの魔力以外は受け付けなかったのに、成長した今は嬉しそうに何でも自分から口にするようになったのだ。

今もアスタリスクが手に乗せたパンの切れ端を嬉しそうについばんでいる。

これはきっと、ごはんというより、おやつという位置づけなのだろう。

そしておやつが大好きなのね……。

「ぴぃ！」

（そこのもおいしそう！）

「ドロップちゃん、私のお菓子もあげましょうね」

「ぴぃー！」

（おやつくれる！　おまえいいひと！）

「ドロップ、お母さまにおまえと言ってはいけませんと何度言えば。せめて『あなた』にしましょう」

「ぴぃ！」

（あなた！）

「そうそう敬意をもってね」

「ぴぃー！」

（このあなたいいひと！　おやつくれる！）

「うふふドロップちゃんは可愛いわねえ～～」

公爵夫人が嬉しそうに山ほどおやつをあげていた。

火の鳥はたまにぽっと炎をあげつつ、無邪気に公爵夫人の手からケーキやクッキーをもらってご機嫌だ。

最近炎を出すようになったな、とアスタリスクはぼんやり思っていた。

そのうちぼうぼうと燃えるようになるのだろうか。

父である公爵が神妙かつ青い顔でドロップを見ているということは、おそらくアスタリスクと同じことを考えているのだろう。

しかしこのドロップは、公爵には懐かない。

アスタリスクは、近々この館のものは何も燃やしてはいけないと教えないといけないわね、となんだかもうこの火の鳥の親にでもなったような気分で思っていた。

そしてこんな家族団らんが、この先もずっと続いてほしいとも。


サーカム・ギャレット第一王子はもうパーティーには出てこなくなっていた。

宰相である父と貴族たちの噂を総合すると、どうやらパーティーでアスタリスクに会うといそいそと張り付いてしまうので、レガード侯爵が仕事を調整したり足止めしたりしてパーティーに出席するのをひたすら妨害しているらしい。

レガード侯爵としては、パーティーに出るたびにアスタリスクばかりを構い娘のグラーヴェを相手にしない姿をこれ以上貴族たちに見せるわけにはいかないのだろう。

それがまさにサーカム・ギャレットの狙いだったのだろうけれど。

アスタリスクとの結婚は、相変わらずレガード侯爵が大反対をしているので何も話が進んでいない。

ただ外国の王女との結婚話もレガード侯爵が手を回して潰したという噂もあるので、アスタリスクはなんだか複雑な気分だ。

サーカム・ギャレットが、これ幸いと今までパーティーにあてていた時間も自分の工房に入り浸っているという噂を聞いても、アスタリスクはきっと彼ならさらなる魔道具の改良と開発ができるようになって喜んでいそうだな、と思った。

片やアスタリスクはといえば、サーカム殿下に会えなくても、相変わらずこまめに社交界に顔を出すようにしている。

アスタリスクはこの長い夏休みが終われば学院に戻らなければならない。

その後は卒業するまで、アスタリスクは学院から動けなくなる。

それまでに、できるだけたくさんの貴族に良い印象と存在感を与えようと決めていた。

もしここで手を抜いてアスタリスクが卒業する前にサーカム・ギャレットとグラーヴェが婚約するようなことになったら、きっと一生後悔するだろう。

そんなアスタリスクの努力のかいと、それでもたまに少しだけ顔を出すサーカム・ギャレットが、その短い時間でも必ずアスタリスクに張り付く様子で、少しずつ貴族たちもアスタリスクとサーカム・ギャレットとの仲を認める人が出てきているようだ。

特にロンド公爵夫人は、自分の開いたお茶会でサーカム・ギャレットがアスタリスクにイヤリングの贈り物をしたことが自慢のようで、よくアスタリスクのイヤリングの話題を出しては二人を応援するような言動を取ってくれるようになっていた。

アスタリスクにとって、いい風が吹き始めている。

そう思っていた矢先のことだった。
とあるパーティーからの帰り道。
突然アスタリスクと付き添いの母が乗っていた馬車が襲われた。

第六章

窮地

Chapter 6

あたりに響く馬たちの悲鳴、そして男たちの怒号。御者が大きな声で抵抗しているのが聞こえた。

しかし結局馬車は止められ、扉が乱暴に開かれて真っ黒な姿の男たちに押し入られてしまった。

「何者です！」

公爵夫人が怒ったように叫んだ。

しかし押し入った男たちは無言で驚くアスタリスクに手早く何かの布を被せると、そのまま馬車から引きずり出した。

視界が真っ暗になったアスタリスクは、夢中でもがいた。

だが屈強な男たちに押さえられているようで、どうにも逃れられない。

そのうちアスタリスクは馬に乗せられたようだ。馬の蹄の音と揺れにバランスがとれず落ちそうで怖かった。

「待て！　その人を返せ！」

遠くでランドルフの怒声が聞こえた。

彼はアスタリスクが家に帰るまで、いつもアスタリスクの乗る馬車と併走して見守ってくれていた。

そのランドルフが、アスタリスクが連れ去られたことに気がついて追い掛けてきたようだ。

アスタリスクを乗せて馬を操る男はアスタリスクがいるせいで、それほど速度が出ないのだろう。

ランドルフや公爵家の護衛たちが叫ぶ声がだんだん近づいてくる。

しかしアスタリスクに聞こえる馬の蹄の音からして、この誘拐犯たちも大勢いるようだ。

とうとうランドルフたちが追いついたようだが、そのまま戦闘になっているような音が聞こえてきた。

これは計画的犯行だ。

アスタリスクはそう悟った。

おそらく事前に公爵家の護衛の数や通る道を把握していたのだろう。

そしてそれらに勝てる人数が用意された。

聞き知っている公爵家の護衛やランドルフたちの怒鳴る声や悲鳴が聞こえる。

それに対し誘拐犯たちは終始無言だった。

「ちゃんと公爵家の護衛がいるから、ランドルフさまが送ってくださらなくても大丈夫よ」

そう言っていたアスタリスクは甘かったのだと悔しくなった。

「きちんとお家に入った姿を確認しないと、後から殿下に怒られますから」

そう微笑んで毎回見届けてくれていたランドルフは無事だろうか。

何人もの叫び声があがり、しかしアスタリスクを乗せた馬は止まらなかった。

そしてその喧噪の音がだんだん遠ざかっていくのを感じたとき、アスタリスクは覚悟を決めた。

すうっと冷静になったアスタリスクは、必死で思い出した。

私にはギャレットのくれた魔道具がある。

たしか、指輪が発信器になっていた。

アスタリスクは視界が真っ暗で馬の上という状況だったが、幸い縛られたりはしていなかった。

そこで左手につけていたギャレットからもらった指輪の石を、右手で思い切りひねった。

カチリ、という手応えがあったから、そのうちギャレットがこの指輪の信号を追ってくれるだろう。

その状態のままアスタリスクはしばらくのあいだどこかへ運ばれ、そして袋なのか布なのかわからないものに包まれたまま、突然どさりと床に落とされた。

腕や肩が床に当たって痛い。

「お望みのものが入っている」

野太い声が聞こえた。発音が悪いから、やはりこういうことを生業（なりわい）にしている下賤な者なのだろう。

「今開けて見せろ」

それに対し、そう命令した声は洗練された発音をしていた。

おそらく貴族。そして聞き覚えがあるということは、知っている人間だ。

「自分でやれよ貴族の坊ちゃん。この女、触ると痛えんだろう？　なら嫌だね！　俺は約束通り攫って運んできてやったんだから仕事はこれで終わりだ。これ以上仕事をしろってんなら追加で報酬を出すんだな」

「ちっ！　こんな簡単なこともできないのか！」

盛大な舌打ちと文句が聞こえ、つかつかと近づいてくる足音。そして。

アスタリスクを包んでいた布が乱暴に引っ張られて、アスタリスクはその中から床に転がりだされた。

あまり広いとは言えない、おそらくどこかの宿の部屋のようだ。

そしてそこに一人だけ上等な衣服を着た男。

ペザンテ・レガードだった。

おそらく。

なにしろ弱い蠟燭の光に照らされた彼の顔は上品ないつもの貴族の顔ではなく、周りを囲む野蛮な男たちとそう変わらない、歪んだ笑みを浮かべていたのだから。

「ペザンテさま……？」

アスタリスクは驚いて立ち上がりながら名前を呼んだ。

「おおっと立ち上がらないでもらいましょうか。お前ら！　こいつの手と足を縛れ！」

ペザンテがそう言って金貨を投げた。

すると、アスタリスクを誘拐してきた男たちはまず金貨を拾い、そのあとてきぱきと、かつ器用にアスタリスクに触れないまま足と腕を縄で結んでしまった。

こんなところでそんな器用な技を発揮しなくていいのに。

なすすべもなく床に転がされたアスタリスク。

しかし口は封じられていなかったので、精一杯強気な口調でペザンテに言った。

「どういうことですか、これは。いくら侯爵家の方とはいえ、誘拐などしたら罪に問われますよ」

だが、ペザンテが嗤った。

「バレればね？」

ペザンテはアスタリスクを見下ろしながら壁にもたれて余裕の態度だ。

「バレるに決まっているでしょう。私の家と王家が追求するのだから逃げられないわよ」

「それはどうかな？　もしあなたが死体になったら、もちろん追求してくるでしょう。でもあなたが私と単に密会していただけだとしたら、どうですかね？　あなたがここで、俺とよろしくやっていただけだとしたら」

にたあ、とペザンテが嗤う。

アスタリスクをここで襲うつもりらしい？

もしもアスタリスクが汚されてしまったら、そしてそれを言いふらされたら、即座にギャレットとの結婚は永遠になくなるだろう。

それが、レガード侯爵家の利益になることは明白だった。

これはまずい。

てっきり殺されるかと思っていたアスタリスクは、自分が殺されるよりも悪い窮地に陥ったことを改めて悟った。

しかしここで心折れているわけにもいかない。最後までできることはしなければ。

「それでも私の父は許さないでしょう。たとえサーカム殿下との結婚がなくなったとしても、それで我が家が泣き寝入りするとでも思っているの？」

アスタリスクはペザンテを睨みつけた。

王家が助けにならなくても、自分はコンウィ公爵家の人間。

宰相家を怒らせてただで済むはずはないと、普通ならわかるはず。

だがペザンテはそれを聞いて突然顔を歪め、吐き捨てるように言った。

「あんたはやり過ぎたんだよ！　王子といいちゃいちゃいちゃいちゃしやがって！　俺だってこんなことはしたくなかったんだ！　だがあの親父を怒らせちまったのはあんただ。そしてあんたを消す実行役に俺が選ばれた。おかげで俺の人生計画が台無しだ！」

「こんな危険なことを息子にやらせるなんて、あなたの父親はバカなの？　それとも臆病ものなの？」

「うるせえ！」

ペザンテはアスタリスクを蹴った。

アスタリスクは腕を蹴られて痛みに顔を歪めた。

ペザンテが目を怒りでギラギラさせながらアスタリスクを睨みつけていた。

「何をするの！　暴力なんて」

アスタリスクも負けじとにらみ返して叫んだ。

だがペザンテはもう一度蹴りたそうな顔で叫んだ。

「お前が生意気なせいだろうが！　大人しく泣いてでもいれば俺だって蹴ったりしないんだよ！

そうやって生意気だから目をつけられるんだよ！　お前が大人しくさえしていれば俺だってお前と
駆け落ちなんてしないですんだのに！」

「私があなたと駆け落ちなんてするわけないじゃない」

いきなりの駆け落ち話にアスタリスクは驚いた。

「お前……この状況でよく言うな！　少しは恐がれよ！　ほんと可愛げがない女だな！」

「余計なお世話よ」

二人がにらみ合っていると。

「じゃ……じゃあ俺たちは確かに仕事をしたからな。喧嘩なら俺たちが出て行ってからにしてくれ。

まず報酬が先だ」

そこにアスタリスクを誘拐した実行犯のリーダーらしい男が割り込んだ。

ペザンテが無言で男に金貨の入っているだろう袋を投げる。

すると誘拐犯たちはもう用はないとでも言うように、さっさと部屋を出て行った。

扉が閉まる音の後にどやどやと階段を下りていくたくさんの足音が聞こえ、そのまま消えた。

「さあて、お嬢さま。じゃあこれからいいことしましょうかね」

「嫌だと言ったら?」

「あんたに選択肢なんてないんだよ。逃げようったってドアの外には俺の直属の部下が見張っている。お前はこの部屋から出られない」

床に転がるアスタリスクを上から見下ろして、今度はにたにたとペザンテが嗤っていた。

「たとえあなたが後で何を言おうとも、私は正直に襲われたと全部証言するわよ。殺されない限り、絶対に」

「殺しちゃ俺も縛り首だろうが。そんなの嫌なんでね! だがお前が本当に人々の前でそんなことを証言するとは思えない。自分の評判は大事だろう?」

妙に余裕な態度でにやにやと嗤っているペザンテの顔を見て、そうやって今までいったい何人の女性を泣き寝入りさせてきたのだろうかと、アスタリスクは思った。

こいつは慣れている、と直感で感じた。

しかしアスタリスクも、今やただの大事に育てられて何も知らない貴族の箱入り娘ではない。

なんと誘拐だって初めてではないのだ。

ふんと鼻で笑ってアスタリスクは言った。

「もちろん証言するに決まっているでしょう。私の評判なんて、もうとっくに地に落ちているんだから。いまさら評判なんて気にしていないのよ私は。やりたければ私を縛ったまま好きにすればいいわ。でも後で全部暴露して、必ずあなたには罪を償ってもらいますからね！　そうしたらあなたの家も困るでしょうね！」

おそらく今までこのペザンテが見てきた女たちは、今のアスタリスクのような状況になったら泣いて助けてくれと言うのだろう。

とにかく内密に解放してくれと。

もしかしたら半狂乱かもしれない。

それほど貴族令嬢というのは自分の評判が大事なのだ。

誘拐されたと知って、何もされなかったとは貴族たちは思わない。

いくら本人が何もなかったと言っても、悪意のある噂が蔓延して良縁を望めなくなる、それが貴族社会だ。

「……俺を道連れにすると？」

「もちろん。絶対にね！　一緒に地獄に落ちましょう？」

アスタリスクは艶やかに笑った。

アスタリスクを貶めようというのなら、その報いは必ず受けてもらう。

アスタリスクのプライドにかけても。

幸いアスタリスクには公爵令嬢という地位がある。そのアスタリスクが両親と一緒にペザンテを訴えたら、必ず捜査がされてペザンテも、そしてレガード侯爵も無傷ではいられない。

そんなアスタリスクの様子に、ペザンテはしばらく何か考えているようだった。

腕に食い込んでいる縄が少し痛くなってきた。

しかし今襲いかかられるくらいなら、このまま永遠に考えていてもらいたいのが本音だ。

アスタリスクは考えられる限り助かる方法を探した。

しかし身動きさえできない状況ではできることはほとんどない。

じりじりと時間がたった後、ペザンテが重い口を開けた。

「よし、では手紙を書いてもらおうか。俺と駆け落ちするっていう手紙だ。お前の直筆の手紙があれば、後から何を言っても無駄だろう？」

「この状態で、どうやって手紙を書けと？」

「ふん、腕だけは解放してやる。だが逃げようとしたらまた殴るからな！」

そう言うと、ペザンテはアスタリスクの腕の縄だけほどいた。

「私が言うとおりに書くとでも思っているの？」

足は縛られたままなので、自由になった腕で床に座り直してスタリスクはペザンテを睨んだ。

「もちろん。何発殴られたら素直に書くか試してみようじゃないか」

「何発殴られたって書かないわよ。うっかり私が死んだらあなたも縛り首よ」

「ふん、強がっても所詮女だからな。そのうち素直になるさ。じゃあ始めようか。おおっとその前に、身につけているアクセサリーは全部外してもらおうか」

「なぜ?」

「お前の静電気体質とやら、どうもおかしいと思っていたんだよ。そんで考えたんだ。静電気じゃなくて、魔道具じゃないかってな! うちにも似たようなやつがあるからな。だから今、全部自分の手で、外せ」

「嫌だと言ったら?」

「お前がやらないなら俺がナイフで、まずお前のイヤリングを耳ごと削ぐ」

その言葉が本気なのか脅しなのかはアスタリスクにはわからなかった。

しかしナイフを持っているのならば、いたずらに抵抗したら余計な傷が増えるだろう。

考えた末、アスタリスクは身につけていたアクセサリーを全て外した。

「これでいい?」

「その外したやつを全部よこせ。そうだ……ははは、やっぱり魔道具だったか! お前の静電気体質はどこいった? もう触っても何も起こらねえぞ! これで触り放題だな!」

ペザンテが勝ち誇ったようにべたべたとアスタリスクの体を触って言った。

アスタリスクの「静電気体質」を作っていたペンダントは、アスタリスクから離れたら無力のようだった。

つつっとアスタリスクの首筋をなぞってから、そのままペザンテはアスタリスクの体を持ち上げて、部屋に備え付けてあった机の前の椅子にどさりと座らせた。

そしてアスタリスクの前に紙とペンを置く。

アスタリスクはペザンテを睨みながら言った。

「今から手紙を書いたとしても、届くのに時間がかかるでしょう。どうせその前に捜索隊が出るわ。もう出ているかも。ここがどこだかは知らないけど、時間的に私はそんなに遠くへは運ばれていない。ここが王都の近くならすぐに見つかるでしょうね」

「だから貴族が使わないような宿にしてるだろ？　貴族だったらもっと上等な宿に泊まるのが普通だ。そこしか知らないからな。で、お前を誘拐したような盗賊だったら宿なんて取らないで野宿になる。だがここはくたびれた旅人しか使わない安宿だから真っ先に探す場所にはならない」

「たしかに安宿ね。こんな宿があるなんて知らなかったわ。ここはどこなの。こんな宿の部屋でドレスを着ている私、とっても滑稽ね」

アスタリスクの豪奢なドレスが質素な室内で完全に浮いていた。

「ここがどこかなんてお前は知らなくていいんだよ。だがここは逃げやすい場所なんだ。遠くへ行くのにいろいろ便利でね」

「ということはランバルかフルレバかアラポスあたり？　各地を結ぶたくさんの道が出ている街はそんなに多くないわよね」

「うるせえよ！　余計な詮索をするんじゃない！」

ペザンテが突然怒鳴ったので、きっとその三つのうちのどこかなのだろうとアスタリスクは思った。

ということは、やはりそれほど王都から離れてはいない。

「いいじゃない。どうせ逃げられないんでしょう？　でも気になるのよ。もしもここで殺されたら、自分がどこで死んだのかもわからないなんて悲しいじゃないの」

「だから殺さないって言ってんだろう！　俺だって殺人で縛り首になる気はないんだよ。俺はお高くとまったお嬢さんとちょっと危ない遊びをするだけだ。お嬢さんから誘われてな！　それで俺はついうっかり誘惑に負けてしまう。それだけだ。貴族であればまずお咎めなし」

「どこまでも悪党ね」

アスタリスクは、はらわたが煮えくり返っていた。

今ペザンテが演出しようとしている「危険な遊び」の結末は、常に女の方は破滅するのに男の方はそれほど問題にされない。

そんな遊びに慣れているらしいペザンテには、アスタリスクの嫌味は効かなかったようだ。

「それはどうも。じゃあ手紙を書いてしまおうか」

そう言って紙をあごで示す。

「私が素直に書くと？　駆け落ちなんてそんな嘘、絶対に書きません」

「は！　それならそれでいいさ！　書くまで一時間ごとにその綺麗な指を一本ずつ切り落としてやる」

「指を切り落とされたら手紙なんて書けないわよ」

「右手があれば十分だろう。落とすのはまず左手からだ。最初は小指だな。五時間経ってもその紙が真っ白だったらすげえな？」

にたにたと楽しげに笑うペザンテ。

アスタリスクは必死に考えて時間を引き延ばそうとした。

下手に紙に書いてしまったら、それを今後どう使われるのか心配だ。

「だいたい駆け落ちなんて宣言してしまったら、私と結婚することになるのよ。その妻の指がなくなっていてもいいの？」

とにかく何か話していなければ、と真っ先に浮かんだことを言ってみる。

だがペザンテのにたにたは変わらない。

「指はお前を誘拐してきた奴らに罪を被せるから俺は気にしないぜ？　そもそも駆け落ちはするが教会で正式に式を挙げるまえに嫌になって別れたことにするから、結局結婚もしないけどな」

「そんな理屈が通ると本気で思っているの？　貴族の女性に乱暴をしたなら、責任をとって結婚するのが貴族の暗黙のルールでしょう」

「そんなルールなんてくそくらえなんだよ！　だがお前が騒いだらありうる話なのもわかっている。だから最悪結婚することになったときのことも、ちゃあんと考えてあるさ。そのときはお前は頭がおかしくなったことにでもして、どこか奥の部屋に監禁するんだ。そして二度とそこから出さないで飼い殺す。ああ、俺が気が向いたらお情けでたまには抱いてやるよ。跡取りも必要だしな。だが反抗したら殴る。家の中で何をしても夫なら許されるからな！」

ペザンテが実に楽しそうにそう言って嗤った。

今まで社交界では見せなかったペザンテの残虐さを目の当たりにして、アスタリスクはぞっとした。

間違ってもペザンテと結婚なんてしたら、監禁された部屋で常に暴力に怯えて過ごさなければならなそうだ。

そして死ぬまで永遠に虐待されるのだ。

「そんな人との結婚なんて絶対にごめんだわ」

「だからちゃんと結婚前に合意して別れるつってんだろ。ただしやることやってからな！　だが今はお前は俺にぞっこんって設定だ。ペザンテさまと一緒になりたいとその紙に書くんだ」

「嫌よ」

そう言ってアスタリスクは紙にでかでかと「×」と書いた。

そのとたんにペザンテに殴られた。

派手な音をたててアスタリスクが椅子から転げ落ちる。

「俺が言うこと以外のことを書いたらまた殴るからな！　今度は椅子から落ちるだけじゃあすまないぞ！　妙な魔道具はもうないんだから、生意気な口をきくと本当に命がなくなるぞ！」

「それも本望よ！　殺したければ殺せばいいわ！　私はあなたとは絶対に――」

そこでアスタリスクはぴたりと口を閉じた。

ペザンテは、ナイフを取り出していた。

「俺だって血まみれの女なんて抱きたくねえんだよ。だから大人しくしな」

「……ナイフを出すなんて卑怯じゃない」

「お前が生意気だからだろうが！　大人しく言うことを聞いていれば傷はつけねえよ。さあ、今度こそお前が今することが何かわかるな？」

そう言ってペザンテがナイフを振るごとに、刃がギラリと部屋の光を反射していた。

それでもアスタリスクはきっぱりと言った。

「わからないわね」

「そうか？　でも思い出すかもしれないぞ？　その綺麗な指が一本なくなったら」

そう言ってペザンテが、乱暴にアスタリスクをまた椅子に座らせた。

そうしてアスタリスクの左手を机に置いて、そのまま机に押さえつけた。

これでいつでもペザンテはアスタリスクの左手を傷つけることができる。

二人はしばらく無言でにらみ合っていたが、ペザンテがしびれを切らしたのか、すっとナイフをアスタリスクの小指に添えた。

「……」

それでもにらみ合う二人。

静かにペザンテがナイフを振り上げたとき、アスタリスクはとうとう根負けした。

「待って。わかったわ」

「思い出したか？　自分が何をするべきか」

アスタリスクはペザンテを一瞥してから、新しい紙を出して言った。

「なんて書けばいいの？」

「そんなの自分で……いや下手に暗号を入れられても困るな。そうだな、じゃあ『私ことアスタリスク・コンウィはペザンテさまと恋に落ちました』」

「白々しいわね……書いたわよ。これで終わり？」

「いいや？　『サーカム殿下がしつこいので、愛するペザンテさまと駆け落ちします。探さないでください』」

「なんって嘘くさい」

「うるさい！　書けばそれが真実になるんだよ！」

「私、派手に誘拐されているのに信じる人なんているわけないでしょう」

「そんなのは駆け落ちするための自作自演てことにするから問題ない。親父が上手くやってくれるさ」

「あなたもレガード侯爵も本当にあくどいわね」

「お褒めにあずかり光栄だね。何もしないで幸運が舞い込んでくるわけないんだ。幸運は作るもんなんだよ。生意気なくせにおつむはめでたいな」

アスタリスクが素直に言うことを聞き始めたせいか、ペザンテの態度から少し殺気だったものが減ったようだ。

相変わらずナイフは握っているが。

「書いたわよ。これでいい？」

そう言って書いた紙をペザンテに見せた。

するとペザンテはにやにやと下品な笑みを浮かべながら手紙を受け取って確認すると、そのままぽいっと机の上に放って、そのままアスタリスクに手を伸ばしてきた。

「じゃあ、楽しもうか。なあに、大人しくしていればすぐに終わるさ」

「この手紙を書いたここで？　駆け落ちなんだから、まず逃げるものじゃないの？」

「ことを終えてから、逃げる。後から来た奴がこの手紙を、見つける」

ペザンテがいかにも当たり前のことだろう、とでも言いたそうな顔でベッドと机を指さして言った。

「私、どんなに愛する人が相手でもこんな安宿でなんて嫌よ！　とんでもないわ！　私に相応しい場所でなければ絶対に嫌。私を知っている人なら私がそう言うだろうって、みんな知っているんだから！　なのにここでなんて知ったら、みんなが私は強要されたと思うでしょうよ」

アスタリスクはできる限り高慢に言った。

内心はこれまでにないほど焦ってはいたけれど。

「お前、相手がもしあのスカした王子でも同じことを言うのかよ？　たいていの女だったら好きな男が相手なら部屋がどうとか言わねえぞ？　そういうことだ。お前も俺に恋していたから気にならなかった。それでたいていい納得する」

「私の両親は納得しないでしょうね」

「宰相公爵閣下が娘を傷物にされたと騒ぐかどうか、賭けてみるか？　案外娘可愛さに口外しないかもしれないぜ？」

「騒がなくても罪を認めさせることはできるのよ」

「だからそんときゃ結婚してやるって言ってるだろう！　そうしたら宰相だろうがもうそれ以上手は出せない。あとは俺が妻に何をしようと俺の勝手だ。死ぬまで殴ろうとな！」

ペザンテがアスタリスクを椅子から抱え上げ、乱暴にベッドの上に放った。

そのときだった。

窓の外がいきなり昼のように明るくなった。

と、同時に甲高く鳴く鳥の声が聞こえた。

「ぴぃーーーっ！」

（あすたーどこー⁉）

それは火の鳥ドロップの声だった。

「ドロップ‼」

アスタリスクは叫んだ。

「なんだ⁉　何が起こった⁉」

ペザンテはいきなり部屋の中までこうこうと明るくなったことに驚いて、慌てて窓を見ていた。

「ぴぃーー！」

（きこえた！　あすたーのこえ！）

「よし！　よくやった！　ドロップ！　姉さまを守れ！」

セディユが叫ぶ声が聞こえる。

そして階下が騒がしくなった。

（助かった……！）

アスタリスクは確信した。

間に合ったのだ。

階下で激しく争う音がしている。しかし制圧するのは時間の問題だろう。

なにしろ指揮しているのはおそらくサーカム・ギャレットだ。

「ぴぃー！」

（あすたーみつけた！）

そんな声がしたのでまた窓の方に目をやると。

そこには美しい炎をまとった、ぼうぼうと燃え上がる火の鳥ドロップが窓枠にとまっていたのだった。

「なんだこいつは！」

ペザンテがドロップを見て驚きながらもアスタリスクの腕を掴んで逃すまいとする。

アスタリスクはまだ足を縛られているために移動することができなかった。

そんな様子を見てドロップは首をかしげつつ、

「ぴぃ？」

（もやす？　そいつ、もやす？）

と聞いてきた。

アスタリスクは慌ててふるふると首を横に振った。

こんなところでペザンテを間違っても焼死させるわけにはいかない。

どんなに屑でも貴族である。貴族を殺すのは重罪なのだ。

しかも魔獣を使って人を殺したなどとなったら、コンウィ家の魔獣管理能力を問われて大変なことになる。

「ぴいっ」

(わかった！　どろっぷいいこ！)

ドロップはそう鳴くと、優雅に部屋の中を飛んできて、ふわりとアスタリスクの肩にとまった。ちゃんとアスタリスクの髪を燃やさないように、身にまとう炎を限りなく小さくなるように加減しているあたり本当にいい子に育ったとアスタリスクは嬉しかった。

だが火の塊が飛んできたことに驚いたペザンテは、反射的にアスタリスクから手を放して距離をおいた。

「……お前の……鳥？　なのか？」

アスタリスクのことを、ペザンテが驚愕の顔で凝視している。

「この子はフラット殿下にいただいたの。私が孵化させたのでとてもよく懐いているのよ。とってもかわいいでしょう？」

アスタリスクは満面の笑顔でドロップを見せつけた。

燃え上がってはいなくても、薄く炎をまとって明るく光るドロップは美しかった。

「フラット……？　まさか、あの呪いの卵……？」

「あら、卵をご存じなの？　ということは、もともとはレガード侯爵家の卵だったのかしら？」

「あ……いや聞いただけだ。フラット殿下が君に卵を贈ったと」

ペザンテの目が妙に動揺しているように泳いでいた。

アスタリスクはゆっくりとベッドから下りながら、優雅にほほ笑んで言った。

「そう。その卵から生まれた子よ。とっても懐いていい子なの。ねえ？」

「ぴぃーー！」

（おれはいいこー！）

ご機嫌でドロップがそう鳴いたとき、その嘴からぽっと炎が出た。

一瞬だったのでアスタリスクを焦がすことはなかったが、その炎を吐く様子にペザンテはまたさらに後ずさって間隔をあけた。

階下の喧噪はいつの間にかやんでいて、大勢が階段を駆け上る音に変わった。

ペザンテが言っていたように部屋のドアの前にも護衛がいたようだが、その護衛はもう争うことはしなかったようだ。

すぐにバンッ！　と勢いよくドアが開かれた。

先頭で入って来たのは、サーカム・ギャレットだった。

「アスタリスクさま！　無事ですか！」

「殿下！　私は無事ですわ！」

後に、そのときサーカム・ギャレットと一緒にドアから入って来た側近の一人である、とある伯爵子息は語った。

「火の鳥を肩に乗せて凛と立つアスタリスク嬢は、安っぽい部屋の中で少々汚れくたびれたドレスにもかかわらず、見たこともないほど美しく気高く見えた」

と。

素早くペザンテが拘束された。

ペザンテは困惑した顔をしながらも大人しく拘束されていた。

アスタリスクの足を拘束していた縄が素早く切られ解放された。

「アスタリスク……よかった！」

サーカム・ギャレットが改めて無事を確認するようにアスタリスクを抱きしめた。

アスタリスクもやっと心から安心してサーカム・ギャレットのことを抱きしめ返し——

「ぴぃー！」

(なんだこいつ！　せまい！　もやしてやろうか！)

アスタリスクの肩にとまっていた火の鳥ドロップが、サーカム・ギャレットの接近に文句を言った。

驚いたサーカム・ギャレットが少しだけ体を離してから、改めて火の鳥ドロップに言った。

「ああ、申し訳ない。ドロップもよくやった。偉かったぞ！」

「ぴいいい！」

（だからせまいっつってんだろ！　あっちいけ！）

そうして口から炎をぽっぽと細切れにまき散らしはじめた。

「えーと、サーカム殿下、ちょっと伝わっていないみたいで……」

慌ててアスタリスクが仲介しようとしたとき。

「ドロップ！　殿下はお前にお礼を言ったんだよ。だから怒らないで……」

そこにセディユがやってきて、おろおろしながらドロップを落ち着かせようとした。

「セディユ、あなたも探してくれたのね！」

アスタリスクが嬉しそうに言うと。

「すやすや気持ちよく寝ているところを殿下にたたき起こされましてね！　事情を聞いて父上がドロップを連れて行けと仰ったので殿下に許可をいただき協力してもらいました。ドロップ、よくやったぞ！」

「ぴぃー！」

（おれ、さがした！）

火の鳥ドロップが得意げに、胸を張っていた。

「ドロップがいてくれたおかげで松明がなくても地図が見れるくらいに明るかったから、馬も早く走らせることができて助かった。無事に君も見つけられて、本当によかった」

サーカム・ギャレットは心から安堵したようにそう言った。

「なんでここがわかったんだ……？　こんなに早く見つかるはずないのに」

困惑したままペザンテが、部屋の端から恨みの目をこちらに向けていた。

そんなペザンテに、サーカム・ギャレットは言った。

「教えるわけないだろう。ただ覚えておくんだな。彼女に危害を加えようとしたときは、俺が全力でそれを阻止する。もう二度とお前を彼女に近づけさせはしない。こいつを連れて行け！　王宮の牢にぶち込むんだ！」

そうしてペザンテはがっちりと拘束されたまま連行されていった。

ペザンテを見送って改めて周りをよく見たアスタリスクは、セディユの他にもランドルフやこの前学院の森にサーカム・ギャレットを迎えに来た生真面目そうな側近までいることに驚いた。

みんなこんな深夜なのに、アスタリスクを助けるために来てくれたのだ。

改めてアスタリスクはその人々に向き直り、「助けていただいてありがとうございました」と深々と礼をした。

「……間に合ってよかったです。貴女の誘拐を阻止できなくて本当に申し訳ありませんでした。私がもっとしっかりしていれば……！」

一人青い顔をして、心から悔いているのがわかる様子で弱々しくランドルフが言った。

今にも泣きそうな顔だ。

彼はアスタリスクが誘拐された現場にいたので、まんまとアスタリスクが誘拐されてしまったことが悔しいのだろう。

なのでアスタリスクは言った。

「そんなに気落ちしないでください。今回のことは周到に準備されていたようですから。私に触れると魔道具が反応することまで知られて対策されていました。だから阻止するのは無理だったでしょう」

「それに君は自分で深追いせずに私にすぐに報告しに来てくれた。その結果間に合ったんだ。君は君のできる最善のことをしてくれたと思っている。それにアスタリスク、君も、しっかり発信器を作動させてくれて助かったよ。おかげで最初からどのあたりにいるのかの見当がつけられて大幅に時間が短縮できた」

サーカム・ギャレットがにこにこしながら言った。

「よかったですわ。真っ暗な中で手探りだったので、ちゃんと作動させられたか少し不安で。本当はイヤリングも作動させたかったのですが、腕が縛られてしまいなかなかできなくて」

「でも途中から作動させられたようじゃないか」

「あの男が魔道具を全て自分の手で外せと言ったので。だから、イヤリングを外すときにスイッチを入れてから床に置いたの。どこまでの声が入るかはわからなかったのだけれど」

「大丈夫、よく聞こえたよ。おかげで君たちの会話からさらに捜索の範囲を狭めることができた。

それに犯行の動機も聞こえたから、ペザンテ・レガードの裁判の決着は早いだろう」

そう言うとサーカム・ギャレットは撤収を命じた。

自ら床に置かれたアスタリスクの魔道具たちを拾い上げながら。

「結局、殿下の仰るとおりになってしまいました。そしてこの魔道具たちにとても助けられました。ありがとうございます」

アスタリスクは魔道具たちを受け取りながら、改めてしみじみと彼の配慮に感謝した。

「あなたの安全に比べたら、魔道具なんて安いものです。これらが役に立って本当によかった」

サーカム・ギャレットもしみじみとアスタリスクの顔を見つめて言った。

サーカムに見つめられてちょっと気恥ずかしくなったアスタリスクがつい目をそらしたとき、アスタリスクは机の上にあるペザンテに書かされた手紙を見つけた。

「あ、あの手紙は燃やしてしまわなければ」

残しておけばどこでどう悪用されるかわからない。完全に灰にするべきだろう。

残しておきたくない手紙などは蠟燭にかざしたり暖炉にくべたりして二度と復元できないようにする、そんないつもの手段。一番完璧な証拠隠滅。

きっと階下に下りれば暖炉くらいあるだろう。

そう思ってアスタリスクが机の前まで行って、ペザンテと恋に落ちたなどという戯れ言を書いた紙を取り上げようとしたときだった。

「ぴぃー？」

（それもやす？）

「そうよ。これは燃やすの。跡形もなくね」

それは普通の会話だった。アスタリスクにとっては。

しかし相手が悪かった。

「ぴぃー！」

（ひゃっはー！　もやすぜ！）

火の鳥ドロップが突然喜びの雄叫びを上げて大きな火球のように燃え上がった。

そうしてアスタリスクが取り上げようとしていた手紙をひょいと嘴でつまみ上げると、そのまま自らの炎に包んであっという間に手紙を燃やし尽くしてしまった。

手紙はあっという間に灰になって散った。

しかしそのままの勢いでとても楽しそうに燃え上がりながら部屋の中を飛び回りはじめたドロップ。

「ぴぃ！」

（もやしてやったぜ！）

「ぴぃー！」

（もやしてやったぜー！）

なんだか興奮状態のように見える。

「いかん！　みんな逃げろ！」

サーカム・ギャレットの怒号が聞こえた。

「宿のものたちも待避させろ！」

サーカム・ギャレットの部下らしき人も叫んだようだ。

「ドロップ！　やめろ！　いますぐやめろ！」

悲痛なセディユの叫び声がした。

アスタリスクがはっと見回したときは、もう部屋のカーテンに火が移っていた。

「アスタリスク！　逃げるぞ！」

サーカム・ギャレットがアスタリスクのことをほぼ横抱きにするような勢いでアスタリスクを部屋から引き摺り出そうとした。

サーカム・ギャレットに引き摺られながら、アスタリスクも叫んだ。

「ドロップ！　やめなさい！　空へ！　空へ上がりなさい！」

とにかくこの部屋から出さなければ。その思いでとっさに言った。

「ぴぃー！」

（あすたーどこいくの?!　おれもいく！）

「だめよ！　あなたは空へ！　空へ上がって……家の鳥かごに入りなさい！」

サーカム・ギャレットに引き摺られるのに抵抗しながら、アスタリスクは自分に出せる最大の声で命令した。

力一杯魔力も込めた。

「ドロップ！　姉さまの言うことを聞いて！」

セディユも悲壮な声で叫んでいた。

するとその声が届いたのか、ドロップは不思議そうに「ぴ？」と首をこてんとかしげ、そのまま燃える窓から空へと飛び去って行った。

残されたのはごうごうと燃えさかる部屋。

大騒ぎで宿の中にいた全員が逃げ出したころには、もう小さな宿は全体が炎に包まれて、あたりをまるで昼間のように明るく照らしていた。

「全員いるな⁉　いない者は⁉」

「大丈夫です！　全員無事です！」

「あああ俺の宿が……俺の宿があ！」

「なんだよこれ……俺は今日どこで寝ればいいんだ……？」

「全員自分の馬を落ち着かせろ！」

「姉さま～ドロップはちゃんと帰ったんですよね⁉」

「たぶん……？」

「大変です！　馬が足りません！」

「探せ！　まだ遠くへは行っていないはずだ！」

騒然とした人々が、それぞれ必死に動き回っていた。

そんな中、こそこそと内緒話をする姉弟。

「これ、ドロップの仕業だとわかったら不味いですよね姉さま……」

「ドロップ……！　家へ！　帰りなさい！　人に見られないようにして！」

セディユの怯えの意味がとてもよくわかるアスタリスクは、念押しのつもりで喧噪にまぎれても
う一度命令した。

するとと遠くで「ぴぃー」と悲しげな鳴き声が聞こえてきた。

「早く家へ！　帰れ！　たのむ！」

やはり同じ声を聞いたらしいセディユがやけくそ気味に叫んだ。

「……ぴぃー……」

「だから帰れって言ってるだろう！」

セディユが半泣きだ。

すると遠くから、なぜかいくつもの遠吠えが聞こえてきた。

「わおーーん！」

（おうちに帰るぜ！）

「わおわおーん！」

（まだ帰りたくなーい！）

「わおん……」

（おうちなくなった……帰れない……）

どうやら最後の声はこの宿で飼われていたらしい犬のようだ。

宿の主の足下で悲しそうな顔で寄り添っている。

セディユがぎょっとしてその犬を見て言った。

「君に言ったんじゃないんだけど……」

近くで部下に消火作業を指示していたサーカム・ギャレットがそれを見ていたらしく、セディユに笑いながら言った。

「新しい能力の発現、おめでとう。君はどうやら犬派のようだね」

「犬派ってなんですか……」

「お家に帰るのよ！　いますぐ！　先に行って！　私もちゃんと帰るから……！」

しかしそんなやりとりどころじゃないアスタリスクは、しつこくぶつぶつと命令していた。

声は小さくても、魔力は力一杯込めて。

するとまた返事があった。

「ぴぃーー」

（あすたーがいうならしょうがないなー）

「ぴ！」

（じゃあね！）

その声を聞いて、やっとアスタリスクは安心した。と、同時に足の力が抜けた。

へなへなと座り込もうとするアスタリスクをサーカム・ギャレットががっしりと支えて、到着した迎えの馬車まで連れて行ってくれたところまでは覚えている。

宿は全焼したそうだ。

それはもう綺麗に焼け落ちて何も残っていないとのこと。

それでも幸い宿にいた人たちは全員逃げられたので無事だった。怪我人は軽い火傷を負った人が数人とのこと。

ただし火を見てパニックになった馬が数頭逃走し、大半は回収されたが一頭だけ逃げるときに怪我を負ったせいで引退することになったそうだ。

損害額を考えるだけでちょっと頭が痛い。

それでもこの惨状が火の鳥ドロップのせいだというのは明白だったので、コンウィ公爵家が娘が世話になったとかなんとかこじつけの理由を作って全て補償をすることになった。

そこに魔獣がいたという事実は極力隠したままで。

セディユは言った。

「それでも途中まではとても役に立ったのです。夜道を照らし、殿下たちが急いで移動するときによく視界を助けていました。僕の言うことも素直に聞いて、『あすたーさがす！』と、とても協力的だったのです」

父であるコンウィ公爵は言った。

「ドロップが殿下のお役に立てば、今後我が家に魔獣がいるという事実に王家も寛容になってくれるだろうと思ってセディユに任せたのだが。まさか宿をまるごと焼くとは」

アスタリスクが言った。

「つい癖で不都合な手紙を焼くと言ってしまった私が悪かったのです。その言葉にドロップがあれほどの反応を示すとは全く思いませんでした。私の不注意で大変なことになってしまって申し訳ありません」

そしてその横で、

「ドロップちゃん、だめよ〜建物を焼いては、ダメ。燃やすならちょっとした小さなものだけにして、人とか建物とか、そういう大きなものは焼いてはダメなのよ？」

と、公爵夫人がドロップにこんこんと言い聞かせていた。

そして当のドロップはというと。

「ぴぃー？」

（なんでだめ？　どれならいい？）

と、優美な首をひたすらひねっている。

とにかく燃やすのが好きだということだけは、今回のことでようくわかった。

「ドロップ……」

これは今度しっかりと燃やしていいものとダメなものを教えないといけない、とアスタリスクは思った。しかし。

「そうね……ではドロップちゃん。何かを燃やしたいときはアスタリスクにお聞きなさい。アスタリスクがいいと言ったものだけは燃やしていいわ。でもアスタリスクがいいと言ったもの以外は全てダメよ」

と、母である公爵夫人が単純な判断基準を与えてしまってからは、もうドロップはその言葉だけを記憶して他の難しい判断は全て放棄してしまった。

「ぴぃ！」

（わかった！　あすたーがいいっていったらもやす！）

「ぴぃー！」

（あすたーこれもやしていいか⁉）

そしてそう言っていろいろなものを燃やそうとするようになってしまった。

元々アスタリスクの言ったことは絶対だとレジェロたちに教え込まれて育ったドロップは、さらにアスタリスクにまとわりついてはあれこれ燃やしたいとさえずるようになった。

仕方がないのでそのうち毎日コンウィ公爵家の庭の一角で、その日の廃棄物を焼却するときにドロップに燃やしてもらうことにして、ドロップの燃やしたい欲を発散させることになる。

とにかく他で問題をこれ以上起こさせるわけにはいかない。

それはコンウィ公爵家全員の使命となったのだった。

なにしろこのドロップがやらかしたせいで、コンウィ公爵はたくさんのことを譲歩しなければならなくなったのだから。

口止めを兼ねた焼失した宿の再建費の負担。

アスタリスク誘拐事件の隠蔽。

そして、ペザンテ国外逃亡の黙認。

ペザンテは、レガード侯爵の助けで王宮へと護送される途中で逃げて姿をくらました。

そしてその直後、レガード侯爵は嫡男ペザンテは外国周遊の旅に出たと言い出したのだ。

いわゆるグランドツアーである。裕福な貴族の子息が外国を周遊して見聞を広げるという名目でする長期の海外旅行だ。

罪を被る前に自ら国外へ逃亡して有耶無耶にして、ほとぼりが冷めるまで帰らないつもりだろう。

魔獣の暴走を許してしまったコンウィ公爵家と表向き嫡男がやらかしたレガード侯爵家の間で、お互いに今回のことは不問にするという暗黙の協定が結ばれた。

この協定にレガード侯爵がすんなり同意したことにアスタリスクは驚いたのだが、実はサーカム・ギャレットが、アスタリスクの通信器を通して聞こえたペザンテの証言を記録していてそれを突きつけていた。

それがペザンテの起こしたスキャンダルの証拠として表に出たら、グラーヴェをサーカム・ギャレットと結婚させる計画が頓挫すると判断したレガード侯爵はその案を飲んだ。

サーカム・ギャレットとしてはこの件の後ろにレガード侯爵がいるという証拠が出ればそれを使って政界から追い落とすことも考えていたようだが、残念ながらその記録はアスタリスクが通信器のスイッチを入れたところからだったので、ペザンテが父であるレガード侯爵の命令で行動したという明確な証言は入っていなかった。

そしてペザンテを国外へ逃がされてしまったことで、新たに証言を取ることもできなかった。

その結果、アスタリスクに言い寄ろうとしたペザンテ個人の行きすぎた犯行ということになってしまったのだ。

レガード侯爵は終始息子の犯行にとても傷つき、国外に逃げるとは許せんと息子を非難することで自分は被害者だという態度を貫き通したそうだ。

片やコンウィ公爵家側も、もしもこの件の詳細が明らかになってしまったらコンウィ公爵家は危険な魔獣を飼っているとしてドロップは始末させられ、その後も多くの貴族からその魔獣を使って何をしようとしていたのかと痛くもない腹を探られ疑惑の目が向けられることになるだろう。

ドロップが、たとえフラットから押しつけられたものだったとしても。

そして何もなかったとは言え誘拐はなされてしまったので、アスタリスクの純潔は疑われ、結局ペザンテが責任を取ってアスタリスクと結婚するというお決まりの結末になる可能性も高い。

だがそれは、誰も望んでいないのだ。

アスタリスクは、だからこの結末が最良なのだろうと思った。

サーカム・ギャレットとレガード侯爵の力関係も、今後は変わるだろう。

アスタリスクも、好きでもない暴力的な男と結婚せずにすんだ。

それにドロップとこれからも一緒に過ごせる。

ドロップに悪気はなく、基本は素直でいい子なのだから殺されたり永遠に監禁されたりするのは可哀相ではないか。

サーカム・ギャレットの魔道具がなかったらそれらが全て最悪の結果になったかもしれないと思うと、アスタリスクはしみじみ助かってよかったと思った。

それに今後は、ペザンテに付き纏われることもない。

ペザンテはもうサーカム・ギャレットの目の黒いうちは帰国できないだろうから。

第七章　レガード侯爵の誤算

Chapter 7

さすがにショックでしばらくは風邪をひいたことにして休んでいたアスタリスクだったが、またパーティーやお茶会に出始めるようになった。

そんなアスタリスクを待っていたのは、今度は思いも寄らない騒ぎだった。

「フィーネはレガード侯爵に騙されていた。フィーネは可哀相な被害者なのだ。僕がフィーネの可哀相な状況を救ってあげるんだ！」

と、フラットが言い出したと聞いたのは、復帰してすぐのことだった。

フィーネが具体的に何をしたのかは知らなくても、王立学院で問題を起こし退学になったという事実は広く知られていた。

もともと身分が男爵令嬢ということもあり、王子と交際すること自体身分違いと捉える貴族も多い。

だから社交界にデビューしたとはいえなかなか難しい立場であることはアスタリスクも知っていた。

そしてそれはフラットも感じていたのだろう。

突然フラットが、生き生きとした顔でフィーネが被害者だと吹聴し始めたそうだ。

アスタリスクはフラットの出る、いわゆる第二王子派閥の貴族が催すパーティーには普段顔を出さないので、最初は人から聞いただけだった。

しかしそのフラットは、次第に第一王子派閥のパーティーにも出るようになったのでアスタリスクと鉢合わせすることも出てきた。

久しぶりに顔を合わせたフラットは、アスタリスクに言った。

「フィーネは可哀相な被害者なんだ。だから僕が守ってあげなければ！　僕はレガード侯爵が、公式にフィーネ嬢へ謝罪するべきだと思っている。いくら偉くても、か弱い女性の人生を狂わせるなんて許されていいはずがない。君もそう思うだろう？」

そう熱心に語るフラット自身が、かつてアスタリスクの人生を破壊しようとしたことは忘れているらしい。

アスタリスクは言った。

「でもそれは証拠がありますの？　レガード侯爵のせいという」

するとフラットは胸を張って言った。

「フィーネが学院の校外学習のときに使ったという魔道具が全て、レガード侯爵の家にあったんだよ。今フィーネはレガード侯爵の家にいるだろう？　それで最近侯爵がよく出入りしている部屋を覗いてみたら、見つけたそうなんだ。つまりフィーネが名前も明かさない貴族の使いから渡されたというその魔道具は、全てレガード侯爵のものだったんだ！」

語気強くまくし立てるその様子から、フラットは確信しているようだ。

アスタリスクは今まで、なぜレガード侯爵がフィーネを家に引き取って社交界デビューの後押しまでしたのかわからなかった。

しかし、その繋がりが魔道具だったとしたら。

フィーネが学院で使っていた魔道具、例えば魅了のペンダントやアスタリスクを誘拐しようとしたときに使った隠蔽の魔道具たちの出所がレガード侯爵だったのだとしたら、一介の未成年の小娘がとんでもなく高価な魔道具を複数所持していた理由としてとても納得がいく。

ただ証拠が、フィーネの証言だけだというのがアスタリスクには気になった。

「それは、たまたま同じものが侯爵家にもあっただけという可能性はないのでしょうか。または同じように見える別のものだったとか」

「……アスタリスク。君は昔からそうやって僕の話の腰を折ってばかりだよな。そういうところが生意気だと……まあいい。僕はフィーネを信じている。彼女はとても悩んだ末に僕に打ち明けてくれたんだよ。だから僕はその彼女の信頼に応えるんだ」

きらきらと目を輝かせて語るその言葉は美しいのだが。

なぜ裏付けもとらないで言い切るのだろう？

「そうなんですね。私にはよくわかりませんが、殿下の頑張りは応援しますわ」

とはいえアスタリスクには関係のない話なので、フラットとの会話は終わらせることにした。

この様子では、きっとそのうちフラットはフィーネと結婚するとまた言い出すのだろう。

いつの間にかアスタリスクと再婚約するという考えも消えたようだ。

元々アスタリスクを名ばかりの妻にしてその影でフィーネとよろしくやろうと思っていたのだから、フィーネと堂々と結婚できるなら名ばかりの妻はいらないのだ。

「ありがとうアスタリスク。僕は最近フィーネのくれたお守りのおかげでとても調子がいいんだ。仕事も軽々こなせるようになったしね。本当に僕のフィーネは素晴らしいんだよ。彼女は僕の理想の妻になれると確信している。君も、彼女のように立派に男を支えられるよう頑張ってくれたまえ！」

そう言うとフラットは、上機嫌で次の聴衆を探しに去って行った。

フィーネの悪評を消し立場を向上させて、フラットと結婚できるようにする。それがフラットの今の狙いなのだとアスタリスクは理解した。

そのために、とうとうこの第一王子派閥のパーティーにも顔を出してレガード侯爵を糾弾しようとしているのだろう。

さすがのレガード侯爵も王子が相手では分が悪いらしく、正面から衝突する様子はない。

今まで後ろ盾として振りかざしていたサーカム・ギャレットにも、息子の不祥事の証拠を握られてしまったので最近は前に比べて随分大人しいと聞く。

その結果、

「私が魔道具？　など持っているはずがないではありませんか。フィーネ嬢はきっと我が家にあるガラクタ置き場で、何か似たようなものでも見たのでしょう。我が家には古い、ありとあらゆるガラクタがあるのですよ」

そう言って笑って誤魔化すことしかできないようだ。

しかしレガード侯爵は相変わらず「これは殿下のためなのです」と言っては巧妙にサーカム・ギャレットが公の場に出ないように仕事を振っていることもアスタリスクは知っていた。

横暴な振る舞いは減っても、侯爵自身の地位や権力は変わらないのが厄介だ。

そして第一王子が公に顔を出さないパーティーでは、相変わらずグラーヴェが婚約者気取りでいることにも。

「殿下は有能な方ですから、部下が離さないのですわ！　そのせいでずっと王宮でお仕事をしているんですの。でももう少しお体を休めたり気晴らししたりしてほしいと私、昨日も殿下に申し上げましたのよ」

そうしおらしく、いかに自分がサーカム・ギャレットと特別な仲であるかを匂わせて語るグラーヴェのたくましさに正直アスタリスクは驚いていた。

嘘も何度も繰り返せば本当になるという。

グラーヴェの周りには、彼女の言葉を信じる取り巻きたちがたくさんいるようだ。

ただグラーヴェも兄の起こしたスキャンダルを知っているのか、あれ以降直接アスタリスクに絡んできてはあれこれと当てこすりや皮肉を言って喧嘩を売ってくることがなくなったのは幸いだ。

なのでアスタリスクは相変わらずサーカム・ギャレットからの魔道具四点セットを身につけてパーティーに出て、粛々と顔を売るのに専念した。

そのアスタリスクが常に身につけているアクセサリーが何を意味するのかを知っている人は、今やとても多い。

時には興味津々に、時には羨ましそうに眺める人たちがたくさんいるのが証拠である。

そしてグラーヴェが、ことあるごとにアスタリスクをこっそりと睨んでいるのも知っている。

だからアスタリスクは堂々と、魔道具四点セットをつけ続けた。

最近は魔道具に魔力をこめるコツをつかんだので、アスタリスクも魔力を入れられるようになりさらに便利になっている。

なんと今ではイヤリングの魔道具を通して、サーカム・ギャレットとこっそり話ができるようになったのだ。

とは言ってもサーカム・ギャレットの主な話題は、仕事が多すぎてアスタリスクと会えないという愚痴になってはいたが。

「でもあなたの声がこうして聞けるだけで元気が出ます」

「お仕事が大変なのね」

だがそんな他愛もない話しかしなくても、アスタリスクもサーカム・ギャレットの声を聞くだけで元気がもらえたし、幸せな気分になれた。

サーカム・ギャレットが通信を繋げてきたときは、イヤリングが震えるのですぐにわかる。

そんなときはアスタリスクは急いで一人になれる場所を探して移動する。

第一王子が一人きりになれる機会はあまりないので、そんな貴重な時間ができたときには、二人ともできる限り長く話せるようにと願いながらこそこそと会話を楽しんだ。

そしていつしか、今のようにアスタリスクがパーティーの真っ最中のところにサーカム・ギャレットが通信を繋げてくるようになり、そんなときはアスタリスクは通信を繋げながら無言で会場を歩き回り周りの人々の声を彼に届けるようにもなっていた。

たとえば先ほどのフラットの言葉とか、グラーヴェの話とか。

「そういえばレガード侯爵が娘からの伝言と言ってそんな話をしていたな。その仕事をやたら増やしてくる張本人がレガード侯爵なんだが」

グラーヴェの話をアスタリスクを通して聞いたサーカム・ギャレットが、いちいちぶつくさと文句を言ってもアスタリスクはそのまま返事はせずに、次の彼の希望の人物の近くに行っては声を拾う。おかげで、

「もう僕、パーティーが怖いですう〜! 僕、この短期間で社交界のほぼ全ての令嬢と踊らされ

たんですよ！　そして最近はたくさんのご令嬢が、私のこと覚えてます？　とか聞くんです！　そんな一度に全員なんて覚えられるわけないのに～！」

とセディユがこそこそと泣き言を言ったり、

「アスタリスクさま、お帰りですね。お家までお供します！」

と、もう二度と失敗はしないと意気込んでいるらしいランドルフが帰りの馬車の前で待っていたりするのも全てサーカム・ギャレットに筒抜けになっていた。

もちろん常にではないのだが、それでも魔力切れを心配しなくなったサーカム・ギャレットの繋がりたさはなかなかのもので。

アスタリスクの声が聞きたいばかりに自分も通信機能のついたピアスを常に身につけ、一人になるとこそこそと通信を繋ごうとしてくるサーカム・ギャレットは、もやは健気と表現してもいいかもしれない。

そんな殿下にレガード侯爵や他の年配の有力貴族たちが男がアクセサリーなどいかがなものかと暗に外せと言ってくるらしいが、これが今若者に流行している最先端のお洒落なのだとか言い張ってまでつけ続けているらしく。

そして最近はとうとう本当にサーカム・ギャレットは、フラットやセディユやランドルフなど、自分の周りの身分の高い若者たちにも宝石でできた豪華なピアスを贈りまくった。

もちろん王子から贈り物をされて無視することのできない下々の貴族子弟たちは、わざわざピアスの穴まで開けてつけることになる。

その結果、そんな殿下の信頼厚い高位貴族子弟に憧れた若者たちにもピアスが流行るという、まさにサーカム・ギャレットが狙ったとおりの状況になりつつあった。

「姉さまとただ話したいっていうだけで、ここまでする殿下怖いです……」

そう言うセディユの耳にも、もちろん殿下特製の赤い通信魔石つきのピアスが光っている。

ちなみにランドルフに贈られたピアスも同じ機能がありそうな赤い石なのだが、

「殿下からは、アスタリスクさまの緊急事態のときのみ使えとの厳命つきでした」

とのことで、やっぱりランドルフもなんだか呆れているようだ。

ただしサーカム・ギャレットが、

「この前盗聴機能つきのピアスをレガード侯爵にも贈ってみたんだが、『年寄りはこんなものはつけない』と一蹴されてね」

と言っていた数日後に、

「私も殿下からイヤリングの贈り物をいただきましたの～！」

とグラーヴェが、鼻高々になって自慢する姿をアスタリスクは見ることになった。

「グラーヴェさまの盗聴器がこれで二つになったのね……」

サーカム・ギャレットの企てが、いつも成功するとは限らない。

「フィーネ！　どういうことだ！　今までの恩も忘れあの間抜けに秘密をばらすとは！」

そのころレガード侯爵邸では、当主のレガード侯爵がフィーネを怒鳴りつけていた。

フラット第二王子は、最近ますます声を大にしてレガード侯爵のことを魔道具を使ってフィーネを陥れたと糾弾するようになっていた。

最初はまた王子の戯れ言かと相手にされなかったが、フラットが証拠を握っているようなことまで匂わせ始めたので、だんだんレガード侯爵に疑惑の目が向きつつあった。

しかしレガード侯爵に怒鳴られても、フィーネは全く気にしない様子でふてぶてしく言い返した。

「どういうことって、そういうことですよ。だって本当のことでしょう？　あなたが計画して私に魔道具を渡し、私が実行役になった。そんな可能性をちょっと匂わせただけです」

「ワシだけでなくお前も非難されるんだぞ！　魔道具を使って世間を騒がせたんだからな！」

「でも私はまだ未成年だし？　子どもを惑わせて悪事を働かせた大人に責任があるって普通は思うものじゃあないですか？」

フィーネは学院を中退しているから社交界に出ているが、正式に成人とみなされるのは王立学院を卒業する年というのが一般的だ。つまりフィーネはまだ社会的には未成年なのだ。

「……何が狙いだ？」

レガード侯爵は歯を食いしばってそれだけ言った。

フィーネはそんなレガード侯爵を真正面から見据えてきっぱりと言った。

「早くフラットさまと結婚させてよ。最初からそういう約束だったでしょう？　だから協力してきたんじゃない。私は早く王族になって、今社交界で私を見下して馬鹿にしてくる奴らを見返したいの」

「そのための道具は貸してやっただろう。勝手に失敗したのはお前だ」

「まだ失敗じゃないわよ！　今だってフラットさまは私にぞっこんなんだから。あとはあなたが推薦するなり後押しするなりすれば結婚できるでしょう？」

フィーネは焦れていた。

当代きっての権力を誇る貴族の後押しで社交界デビューした割には、社交界はフィーネに冷たかった。

中位や下位の貴族たちからも下に見られて蔑まされることもある今の状況にフィーネは耐えられなかった。

そんな彼女の唯一の希望がフラットとの結婚なのだ。

フラットの妃におさまれば、今まで自分を馬鹿にしてきた貴族たちがきっと手のひらを返してフィーネにぺこぺこするだろう。

なのにレガード侯爵はフィーネに、ただ魔道具に魔力を補充させるばかりでフィーネのために何も動こうとしない。

だからフィーネは考えた。

レガード侯爵が早くフィーネとフラットを結婚させるように仕向けよう、と。

そしてレガード侯爵の秘密を少しだけフラットに漏らした。

レガード侯爵が自分に魔道具を貸したのだと。

レガード侯爵はフィーネを蔑ろにしたらどんな痛手を負うのかを知るべきだ。

ただそうしたら、フラットが勝手に暴走してレガード侯爵を糾弾し始めたのには驚いたが。

「ワシの立場では、まだお前を王子と結婚させたいほどの理由がないのだ。理由もなしに派閥を越えてまでワシが釣り合わない婚姻を提案することは立場的にできない」

「フラット殿下の意向に添うってことでいいじゃない」

「それにはフラット殿下がそう言い出さなければならないだろう。なりふり構わずお前と結婚したいと。だがあの男はいまだにそれを言い出していない」

レガード侯爵としては、フラットがフィーネとの結婚を無理矢理にでも、それこそ駆け落ちでもすれば、それを黙認するつもりだった。

もともと第一王子を王にさえできれば、存在価値がなくなる王子だ。

第二王子にフィーネをあてがって腑抜けにさせ、第一王子を押し上げる。

フィーネはそのための駒でしかない。

だから正直どうでもいい。勝手に二人でよろしくやってくれればそれでよかった。

しかし今は当のフラットが、フィーネとの駆け落ち婚ではなくレガード侯爵への糾弾に走ってしまっている。

下手に体面など気にせずに、素直にフィーネと駆け落ちすればよかったものを。

そんなレガード侯爵に、フィーネはめんどくさそうに説明した。

「あの人は貴族社会の大物を叩いて自分の株を上げるチャンスだと思っているのよ。そんな悪徳貴族から私を守って格好いいところを見せるんだって、張り切ってるの。あの様子ではしばらくおさまらないと思うわよ。だから早く私を結婚させて。そうしたらあなたにも恩を感じてきっともうそんなこと言わないだろうし、私もちゃんと彼を抑えてあげる」

「それよりお前が駆け落ちしようとでも言えばいいだろう。結婚したいなら勝手に結婚しろ」

「言ったわよ！　でも駆け落ちではずっと私の立場が悪いままだって言うのよ！　私の名誉を回復して、晴れてみんなに祝福されて結婚しようって！　だからここは侯爵がちょっと折れて謝って、償いに私との結婚に賛成するって言えば——」

「するわけないだろうが！　ふざけるな！　勝手にやれ！」

レガード侯爵は激怒して叫び、手近にあった陶器をフィーネに向かって投げた。

陶器はかろうじてフィーネがよけたために、床に落ちて派手な音を立てて砕けた。

第一王子派閥筆頭貴族が、第二王子に頭を下げることなどできない。

しかもあの生意気で無能な王子に頭を下げるなんてとんでもない！

「なにするのよ！　未来の王子妃なのよ私は！」

フィーネも負けじと怒鳴り返したが、もうレガード侯爵の耳には届いていないようだった。

物事は、思った通りにいかないものだとしみじみ思うアスタリスクである。

火の鳥ドロップの成長は、想像をはるかに超えたものだった。

「ぴぃぃーー！」

（おれはやるぜおれはやるぜ！）

そうかん高く鳴くドロップはすっかり大きくますます優美な姿になり、巨大な金属製の鳥かごの中で悠々自適に暮らしている。

これでまだ恐らく幼鳥である。末恐ろしい。

ただ鳥かごとはいえそれはコンウィ公爵がその権力と財力で作り上げた、とにかく巨大で普通の民家どころか、この前全焼させた宿さえもすっぽり入りそうな大きさなので、窮屈さは皆無だ。

檻の目もそんなに細かくはなく、ぎりぎり今のドロップがすり抜けられない大きさに調節してある。だけれど普段のドロップは文句を言うこともなく、その檻の中が自分の陣地だと認識したのか最近はご機嫌でその鳥かごの中で暮らすようになっていた。

いつのまにか鳥かご担当の使用人まで出現し、ドロップが飽きないように止まり木だの退屈紛れに燃やす木くずだのを用意したりとかいがいしく世話しているので至れり尽くせりだ。

そしてその檻の目の間を、育ての親ともいえる小さな体のレジェロたちが好き勝手に通り抜けてはドロップに与えられたおやつをくすねてもいた。

「ぴいっ！」

（おれのおやつー！）

ドロップはそう文句を言いつつも、なぜか小さなレジェロに勝てないようで、いじいじと自分のおやつを平らげるレジェロの集団を檻の隅から恨みがましい目で見つめるのがいつもの光景になっていた。

どこかには火の鳥が生息する故郷もあるのだろうが、ドロップは卵でこの家に来たので故郷や親のことは何一つ知らなかった。

だから今の環境しか知らないというのもあるのだろう。

たいして文句も言わず、今の状況にそれほど不満はないようだ。

アスタリスクが一緒にいるときにはよく檻から出してあげるのだが、そんなときでも優雅にコンウィ公爵家の広大な庭と森を飛び回る以外、他に行こうとはしなかった。

「ぴいぴい」

(あすたーがいて、あのうるさいヤツらもいるからおれもここにいる)

「ぴぃー」

(ごはんもおやつもおいしいし!)

と、一見それはそれは平和な鳥に育っていた。

――このもりごはんたくさん!

――あおむしいっぱい!

――おやつもあるし!

――それにひろいよ!

レジェロたちもすっかりコンウィ公爵家の広大な庭と森が気に入っているようでアスタリスクは嬉しかった。

使用人たちもそんなレジェロたちのために鳥小屋を作ったり余ったパンを撒いたりと、なにかとかまってやっているようだ。

アスタリスクの夏休みが終わって学院に戻るとき、いったい何羽が一緒に学院に帰ろうとするのかわからないなとアスタリスクは思い始めていた。

そう。夏休みが終わったら、アスタリスクとセディユは学院に戻らなければならない。

「早く夏休み終わらないかな……もうパーティーなんて行きたくないです……」

そう弱々しく言うセディユではあったが。

「でもセディユ、学院に戻ったらまた女生徒たちがやって来るんじゃないかしら」

「あああ……！　そうです……そうですよ……！」

「大変ねえ、公爵家嫡男という立場も」

頭をかかえてうめくセディユにアスタリスクは同情した。

「もう僕、不登校になってもいいでしょうか……あとは家庭教師を雇ってテストだけ受けるんじゃ」

「でもあなたは卒業までまだ一年以上あるのよ？　お友達もいるでしょうに」

「でもその友人との時間をことごとく邪魔されるんですよ！　誰も女子には勝てないみたいで……！」

絶望的だとでも言いたげな顔をするセディユ。そのとき、

「ぴい？」

（じゃあおれがもやしてやろうか？）

突然窓から声がした。

「あ、それはいいです遠慮します絶対にやめてください」

いきなり現れたドロップに、突然すん、と真顔になって言ったセディユである。

アスタリスクも驚いて、

「ドロップ!?　あなた脱走したの!?　どうやって？　ああそれよりもドロップ。あのね、前にも言ったけど、間違っても人を燃やしてはいけません。建物もダメだけれど、人はもっとだめ。絶対に、

ダメ」

と、こんこんとお説教することになったアスタリスクだった。

動物は、やらかしたその場で叱らなければならないと聞いていたから。

特に人命にかかわることなので、アスタリスクは真剣な表情でドロップにこんこんと言い聞かせる。

そんなアスタリスクにドロップは最初「あ、やべ……」みたいな顔になってから、アスタリスクのお小言をいかにもしおらしい反省しているような態度で聞いていた。が。

アスタリスクは知っている。このドロップ、人間のお小言なんてすぐに忘れるということを。

しかしだからといって言わないわけにはいかないのだ。

アスタリスクは自分が育てる責任を感じてしつけに必死だ。

——あーまたどろっぷがあすたーおこらせたー。

——あすたーのいうことはきかないとー。

——またおこられてる？

——またおこられてる！

——だめなことはだめなのにねー？

なぜかレジェロたちもやってきて、アスタリスクと一緒になってドロップを叱ってくれるのだが。

「ぴぃー……」

（ごめんなさい……）

そうしおらしく言えば許してもらえると思っているドロップだ。

「いい？　とにかく人とか建物とか、絶対に燃やしちゃいけません。燃やすのはちゃんと許可されたものだけよ。それだけは約束して。もし約束を破ったら、もう私たちは一緒にいられないのよ」

「ぴい……」

（わかった……）

「じゃあ自分のお家へ帰りなさい。そしてもう勝手に出てきちゃだめ」

アスタリスクがそう言うと、ドロップはなんだかしおしおとした態度で庭にある自分の鳥かごに向かって飛んで行った。

一応はアスタリスクが怒っていることを理解しているのだろう。

そう思っていたら。

——どろっぷはんせい？

——どろっぷが？

——はんせい？

——したことないよ？

——したことないよね。

うふふうふふと笑いながら、レジェロたちが窓枠に連なってさえずっていた。

（反省……したことないのか……）

アスタリスクは心から、ドロップがもうやらかさないことを祈るしかなかった。

レジェロたちは自由に飛び回れるのに、ドロップは危険な魔獣だからという理由で鳥かごに入れられているのは可哀相かもしれない。

でも。

コンウィ公爵家一家は、あっという間に一つの宿をまるまる焼き尽くしたドロップの能力に危機感を持っていた。

公爵家という高位貴族が持つ膨大な魔力を食べてすくすくと育ってしまったドロップは、火の鳥本来の能力を保有していると見られている。

ということは、下手をすると王宮だって焼くことができるかもしれないのだ。

そんな魔獣を管理しないで放し飼いにはできない。

（フラット殿下は本当に厄介なものをよこしたわよね……）

アスタリスクは奔放で脳天気で美しい火の鳥が好きだった。

でもその存在は、いつでも王がコンウィ公爵家を反逆者として消し去る理由になる。

それを恐れたコンウィ公爵がいっそ王に献上しようとしたこともあったが、なにしろドロップがアスタリスクに懐いて離れるのを拒否したのでその話はなくなってしまった。

「ぴいいいい！」

（あすたーと、おわかれしない！）

「ぴいいいいい！」

（おわかれさせるやつは、みんなもやす！）

そう叫びまくったあげく、ぷんすか怒って鳥かごに籠もってしまったドロップである。

考えてみたら、ドロップがあの鳥かごを自分の陣地とみなしたのはあのときからかもしれない。

最近アスタリスクは、自分がいつか年をとって死んでしまってもドロップにはまだまだ寿命があるだろうことに思い至って、自分の老後どころか死後の心配までするようになっていた。

夏の社交界も終盤にさしかかっていた。

アスタリスクも社交界に頑張って顔を出し続けた結果、たくさんの人と知り合いになることができた。

お茶会に呼ばれ、パーティーに呼ばれ、この前は母であるコンウィ公爵夫人と一緒にお茶会の主催もした。

それは学院でアスタリスクが主催したお茶会よりもはるかに規模の大きなものだった。

そんな会を主催してホストとして見事に切り盛りするのも貴族夫人の大事な役目といえる。

だから母と一緒とはいえホストとしての立ち居振る舞いも完璧だったアスタリスクには、多くの招待客から賞賛の声が集まった。

こういうときに長年未来の王子妃として厳しい妃教育を受けてきた成果が出るものなのだなと、アスタリスクは改めて思った。

今や権力者である親の強い後押しで候補とされているグラーヴェと並んで、アスタリスクも第一王子の結婚相手として徐々に認められてきている感触を得ていた。

コンウィ公爵の当初の思惑通り、アスタリスクが頑張ってきた成果が徐々に出てきたのだ。

しかしグラーヴェは相変わらず、今夜もパーティーに来ては取り巻きたちにサーカム・ギャレットとの愛を蕩々と語っていた。

彼女によると昨日は、仕事に忙しいサーカム・ギャレットを心から案ずるグラーヴェに、愛に溢れるお手紙とお花が贈られてきたらしい。

きゃあきゃあとはしゃぐ取り巻きたちに囲まれて、グラーヴェはとても楽しそうだ。

しかしなんとなく聞いていると話の内容がだんだん過激になってきているような……？

「純真無垢な貴族令嬢にもし本当にキスなんてしたら、その責任を取って結婚しないといけないのだから、そんなに簡単にキスなんてしないと思うんだけど」

とうとうそんなことを匂わせ始めたグラーヴェを見て、ついアスタリスクがそう言うと。

「純真無垢……？」

とランドルフが冷笑したのには驚いたが。

ランドルフは、サーカム・ギャレットに依頼されて密かにグラーヴェの過去を洗っていたらしい。

「え？　グラーヴェさまは純真無垢ではないということ……？」

アスタリスクがそう聞くと。

「少なくとも純真とはほど遠いかと。最近はほとんど嘘しか言っていないようですし。それに彼女の魔道具の作用もなかなか……」

「魔道具？」

「そうです。彼女が身につけている盗聴器の記録に、男性に対して……えー……一種の肉体的な魅力を感じさせる魔道具を使っている会話が入っていたそうです。殿下は全ての魔道具による影響がなくなる魔道具を身につけているので影響はありませんが、知らないで影響を受ける男性が多いようです。んんっ……アスタリスクさまには少々言えないようなよろしくない過去も結構あるようですね」

なんだかランドルフが言いづらそうに咳払いをしながら言った。

「私に言えないって……もう私もそんなに純真とは……」

「いえいえアスタリスクさまは十分――」

「はいっ！　そろそろ離れてくださいね！　ちょーっと近いです！　ランドルフさま失礼します！」

突然割って入って来たセディユにまた会話は打ち切られてしまった。

「セディユ……そんなにたいした会話はしていないのだから、別にランドルフさまにそんなに突っかからなくても」

「いいえ！　いいえ！　姉さまとの親密な距離は、三十秒以上は許さないそうですので！」

「誰が⁉　しかもまさかあなた、測っていたの？」

「一応、ちょっとゆっくりめに数えました！」

「ははは……まあそういうことですので、いざというときにはこちらもそのあたりの証拠を出せるように準備していますという話です。僕もこれ以上あなたの側にいて『静電気体質』の餌食にはなりたくありませんので」

そう言ってすすっと遠ざかったランドルフだった。

まるで何も悪いことはしていませんよとでも言うように両手を軽く上げているのは、一体どういうことなのだろう。

ただし視線はアスタリスクとその周りから離さない。

ランドルフはすっかり心強い護衛になっていた。

アスタリスクが誘拐されたときにそれを阻止できなかったことを随分悔やんで落ち込んでいた彼は、今ではそのときの悔しさをバネに二度と失敗はしないと誓って頑張っているそうで。

常にアスタリスクの近くで警戒し、アスタリスクに近づく人は全てチェックして、おそらくサーカム・ギャレットに報告している。

そして少しでも近すぎる距離に詰めてくる男性は、基本セディユが割って排除する。

(——一体なにをやっているのかしらあの人は)

自分が会えないからと腹心の部下をアスタリスクに張り付かせているサーカム・ギャレットに、少々呆れ始めたアスタリスクだった。

そんなことをしているから、最近はその二人が常にアスタリスクの周りにいる意味を、ロンド公爵夫人あたりが考察して楽しそうに触れ回っているのも耳に入ってきた。

「サーカム殿下はご自分以外の男性を愛する人に近づけさせたくないようですわね。でもその一方で、ご自身は隠れて他のご令嬢に手を出すなんて、そんなことをなさる方なのかしら？ 貴女はどちらだと思う？」

アスタリスクが思うに、あれは純粋に楽しんでいるのだろう。

注目の的の王子を誰が射止めるのか、それとも射止めないのか。

おそらくどんな結末になっても、ロンド公爵夫人にとっては何でもいいのだ。

ただ、今を楽しめれば。

しかし公爵夫人がそうやって夢中になっていることからもわかるとおり、今や社交界はサーカム・ギャレットがグラーヴェとアスタリスクのどちらと結婚するのかが注目の的になってきている。

それは、第二王子フラットがいたとしても変わらない。

ロンド公爵夫人がフラットに、こんな質問までしたようだ。

「フラット殿下はどう思っていらっしゃるのかしら？　どちらがあなたの義理のお姉さまになると思います？」

アスタリスクは見ていなかったが、噂によればそのときフラットは、

「私はどちらでも。兄がいいと思う方を選べばいい。ああでも、僕の妻になるフィーネはどちらがいいか意見があるかもしれませんね」

そう言って隣にいるフィーネを愛しそうに見つめたらしい。

しかしロンド公爵夫人は、フィーネには口を挟ませないですかさず、

「あらでも一生のお付き合いになるのですから、家族に迎え入れる方は慎重に選ばなければなりませんわ。特に王家の場合はなおさらです」

そう言ってフィーネの方を見もしなかったとか。

ロンド公爵夫人は生粋の貴族なので、元平民で今も身分差のあるフラットとフィーネの結婚には反対なのだろう。

その言葉はサーカム・ギャレットの結婚の話をしているように見せかけつつ、フラットにフィーネとの結婚に反対していると伝えているようにもとれる言葉だったと、アスタリスクは他のご婦人方が語るのを聞いた。

フラットがフィーネと結婚したがっているのは明らかだ。

しかし王族が純粋に自由恋愛で結婚することはあまりない。

希望した相手に問題がなければ双方のバランスがとれるように様々な約束が結ばれ、方々の調整をした上で政略結婚とほぼ同じ体裁にして結婚することはある。

だが明らかに反対されているのに強硬する王族はあまりいない。

平民や愛人と駆け落ちした王族も歴史上いないわけではないが、その場合はその後、その王族は貴賤結婚を理由に王位継承権を取り上げられている。

アスタリスクは、どんなにフラットがフィーネと結婚を望んでいても駆け落ちしないのは、そこらへんの事情があるのだろうと思っていた。

自分の王位継承権を失わないように、フィーネを社交界に認めてもらってから正式に結婚する。それが彼の目標なのだと。

しかしせっかくそのために「フィーネはレガード侯爵から騙されていた可哀相な娘」なのだと主張してフィーネの印象と立場を向上させる作戦を展開していたのに、最近の貴族たちの関心はすっかりサーカム・ギャレットのお相手選びになってしまっている。

フラットに振られる話題は自分の兄がどちらを選ぶか、または他に相手はいるのか、そんな話ばかりなのだろう。日に日にフラットは不機嫌になっているという話だ。

そんなある日。

アスタリスクは久しぶりにフィーネに話しかけられた。

「アスタリスクさまあ、お久しぶりですう。なんだか社交界の話題がアスタリスクさまばかりですけど、大丈夫ですかあ？」

きゅるんと可愛らしい仕草で、まるで前からの親しい友人のように話しかけて来たときは、アスタリスクもさすがにびっくりした。

「まあ、ご心配ありがとうございます。でも大丈夫ですわ。私は殿下のお気持ちを信じていますから」

「そうですよねえ！　サーカム殿下はアスタリスクさまがお好きなんですもんねえ？　私、今とってもアスタリスクさまの味方をしたいと思っているんですよう。もうグラーヴェが、ほんっと人使い荒くて……！　あの人家では我が儘ばっかりなんですよ！　ほんと嫌な人なんですう。だからアスタリスクさま、これは提案なんですが、私と手を組みませんか？」

きゅるんとした態度の中で、視線だけが鋭くアスタリスクを射貫いていた。

目だけが妙にギラギラしている。

嫌な予感がしたアスタリスクは、すかさず答えた。

「そんなことをして何をしたいのかは知りませんが、わたくしにそのつもりはありませんわ。裏でこそこそするのは嫌いなんですの」

「そんなあ……アスタリスクさま、冷たすぎですう。私、今レガード侯爵家にいるじゃないですか。でも私、そこでは召使いのような待遇なんですよ……私だって貴族なのに……こんなの酷いと思いません？」

目をうるっとさせて見上げるフィーネは、以前から何も変わっていないようだとアスタリスクは思った。

アスタリスクにかけたいくつもの迷惑のことは、全て都合良く忘れているらしい。

「嫌ならご実家にお帰りになればいいのですわ。もしくはご実家の親戚のお家を頼るとか。その方がフラット殿下が仰っているレガード侯爵に騙されたという話も信憑性が出ると思いますし」

「私がレガード侯爵にいいように利用されてしまったというのは事実なんです……私、当時は何も知らなくて……。その償いをしたいと言われたからレガード侯爵家にお世話になることにしたんですが、でも実際は……」

うっ、と涙をこらえるように下を向くフィーネ。

しかしアスタリスクは淡々と言った。

「詳しい事情はわかりませんが、もしレガード侯爵に不満があるのでしたらレガード侯爵家からは出ることです。これはわたくしからの忠告だと思っていただいて結構よ」

「でも……でも！　私、脅されているんですぅ～！」

「それはわたくしに言われても困りますわ。フラット殿下とご相談なされませ。では――」

アスタリスクはフィーネを突き放してその場を去ろうとした。

何が悲しくてかつて自分を破滅させようとした女に同情しなければならないのか。

しかも平気で嘘を吐く性格も変わっていないようだ。

しつこいと言われようとも冷たいと言われようとも、アスタリスクはフィーネを助ける気にはなれなかった。

しかしそんなアスタリスクの態度に、慌てたようにフィーネが背後から早口で言った。

「アスタリスクさま！　私と手を組んでくれたら、私からフラット殿下に言ってサーカム殿下がアスタリスクさまと結婚できるようにします！　フラット殿下が全面的にアスタリスクさまの味方をしたら、レガード侯爵なんか敵ではありません！　だからアスタリスクさまにも私の味方をしてほしいのです！」

アスタリスクが振り返ってフィーネを見ると、フィーネはなんだか追い詰められたような顔をしていた。

もうすぐ社交シーズンが終わる。

フィーネはこのシーズンのうちにフラットとの結婚をなんとしても確定させたいのだろう。

シーズンが終わったら、貴族たちは地元に帰ってしまう人も多い。そうなるともうフィーネにはこの社交界で名誉を挽回して王子に相応しい立場を確立することは難しいだろう。

少なくとも来年の社交シーズンが始まるまでは。

そうこうしている間に、フラットがフィーネに飽きる可能性もあるかもしれない。

（でも、それがなんだっていうの？）

アスタリスクは、フィーネに冷たく言った。

「わたくしは誰の味方もしません。手を組むのなら他の方にしてください」

そうしてアスタリスクは足早にその場を去った。

フィーネが何を考えてそんなことを言うのか、アスタリスクにはさっぱりわからない。

今でこそもう恨んではいないけれど、それでもフィーネが善良な人間だと思ったことなど一度もないというのに。

「……なによ偉そうに！　自分が愛されているからってほんと偉そうに！　なんて傲慢で嫌なやつ！　自分だけ王子と結婚するつもりなんだろうけど、そんなの絶対に許さないんだから……！」

悪魔の形相でそう呟いたフィーネのことを、アスタリスクはもう見ていなかった。

――最近のフィーネ嬢の様子を知りませんか？
サーカム・ギャレットから、イヤリングの魔道具を通じてそんな質問がきたのはそれから数日たった後の夜のことだった。
「フィーネ嬢？　何日か前に話しかけられたときは元気がないようだったけれど、それがどうしたの？」

ちょうど自分の部屋で寛いでいたアスタリスクは早速うきうきとイヤリングのスイッチを入れたのだが、サーカム・ギャレットからの思いも寄らない質問にびっくりした。

脳裏に浮かんだのは、ほんの数日前に会ったフィーネの追い詰められたような顔だった。

——実は今日、フラットが珍しく朝の会議に出てきたと思ったら、フィーネ嬢を妃にしたいと言いだしたんです。そうしたら周りの貴族たちが王子妃にするには相応しくないとこぞって反対をし始めて。そうしたらフラットがレガード侯爵に、反対するように裏で手を回すとは卑怯だと言い出しまして。

「ええ……？」

サーカム・ギャレットの声は、そのときのことを思い出しているようで少し沈んでいた。

よほど面倒な場面だったのだろう。

——それを聞いたレガード侯爵が、私は何もしていない。みなの意見は貴族の純粋な総意だと言い返したのですが、そのまま、そもそものようにフラットがフィーネ嬢の言いなりになっていることが問題だと言い出しまして。

「それは……」

事実かもしれないとアスタリスクは思ってしまった。

なにしろこの前会ったフィーネの口ぶりでも、フラットを動かせると思っているようだったから。

きっとそれは事実なのだろう。

――しかしその後、フラット殿下は王位継承権をお持ちの王子なのですから、そのような相手ではなく、せめてもっと生まれにも育ちにも問題のない貴族令嬢と結婚するべきだとも言い出しましてね。

アスタリスクはこの前の、なんだか焦っているように見えたフィーネはこうなることを予想していたのかもしれないと思った。

「でも、それはフラット殿下の問題であって、あなたは関係ないのではなくて？　フィーネ嬢を気にかける理由が何かあるの？」

今まであまり関心がないように見えたサーカム・ギャレットが、わざわざアスタリスクに様子を聞くということは、何か原因があるように思えた。

すると、意外な返答が返ってきた。

――俺が貴女を手放す気がないと知って、レガード侯爵がフラットを手に入れようとしている可能性を疑っています。

「どういうこと？　だって彼はあなたの派閥の筆頭貴族でしょう？」

だからこそ今好き勝手しているのではなかったか。しかし。

――そうです。でも、だからといってフラットと敵対する必要もありません。今回の流れでレガード侯爵がフラットの結婚に関心があることが表明されました。もしかしたら今後の流れしだいでは自分に都合の良い娘をフラットにあてがうこともできるかもしれません。

「ええ……？　じゃあフラット殿下を王位につけようと気が変わったということ？　でもあなたの方が人望も能力も認められているじゃない」

――でも俺が倒れて後遺症でも残ったら、簡単にフラットの方が有利になるでしょう。

「そんな……！」

アスタリスクは混乱していた。

レガード侯爵は今までずっと第一王子派だったのに、そこまで第二王子の味方をするものだろうか？

ただサーカム・ギャレットに一番近い貴族ならば、彼を害することも簡単だろう。

――今のところ俺への態度は変わらないので、まだ乗り換えたわけではないでしょう。ただ、一応その可能性も絶対にないとは言えないので、念のため情報を集め始めたところです。まあ、正直なところそれは理由の半分で、実は貴女の声を聞きたかったというのもあるのですが。

ちょっと照れたようにそう言うサーカム・ギャレットが愛おしくて、思わずアスタリスクは笑ってしまった。

「まあ、ふふ……」

――ただそうなると立場が微妙になるのがフィーネ嬢です。フラットと今でも親密なだけにどう出るのか心配しています。フィーネ嬢には当分お気をつけください。

そう言って心配してくれるサーカム・ギャレットの心遣いが嬉しかった。

「でも、どうしてレガード侯爵はいきなりそんな行動に出たのかしら。今まで家に引き取ってまでフィーネ嬢の味方をしていたのよね？　だからフィーネ嬢がフラット殿下の妃になってもいいと思っているのだと思っていたのよ。自分に都合のいい娘ならフィーネ嬢が一番じゃない？」

――それは俺も考えました。おそらく今まではその「都合のいい娘」としてフィーネ嬢の面倒をみていたのだろうと。ですが、今はおそらくフィーネが面倒な存在になってきたのではと思っています。最近、フラットの主張するレガード侯爵の魔道具について、少しずつ話が具体的になってきています。そのため他の貴族たちもフラットの言うことを信じる人が出てきているようで。

「話が、具体的？」

――どんな魔道具だったとか、どこで渡されたのかとか、渡されたときに何を言われたのかとか。

「それはフィーネ嬢が漏らしているということ……？」

――おそらく。それでフラットの追求が厳しくなってきたのと同時にフィーネ嬢が裏切ったと考えているのではと思っています。その結果、フラットを操るための人間をフィーネ嬢から別の娘に変えようとしているのではと。

たしかにフィーネは焦っているようだった。

いきなりアスタリスクに協力を持ちかけるくらいには。

フィーネはあのとき、すでにこの展開を予想していたのだろうか。

「そういえばこの前フィーネ嬢と話をしたとき、レガード侯爵家の人たちのことを悪く言っていたわ。レガード侯爵家との関係が悪くなっているのかも」

――それでフィーネ嬢があえてレガード侯爵に不利な情報をフラットに漏らした可能性はありそうですね。彼女は今レガード侯爵の後押しがなくなれば、おそらくフラットとの結婚は絶望的になる。彼女としては侯爵に強力に後押ししてほしいところでしょう。しかし侯爵はフィーネ嬢を引き取ってデビューまでさせたのに、その後は特にフィーネ嬢に対して何か援助しているようには見えません。

たしかにフィーネが社交界に出てからは、レガード侯爵がフィーネを応援するような言動を何もしていないことをアスタリスクも思い出した。

――焦れたフィーネ嬢が侯爵をなんとか動かそうとして、彼の秘密を漏らしているのかもしれないというのが俺の見方です。

「それはフィーネ嬢がレガード侯爵を遠回しに脅しているということにならない……？」

アスタリスクが思っていた以上に、フィーネは必死なのかもしれない。

――あくまで可能性の一つですが。ただそのフィーネ嬢がいろいろ漏らしてくれたおかげで、今レガード侯爵が不法に魔道具を集めている証拠が集まりつつあります。隣国との繋がりも見えてきました。

「そんなあなたの行動を察知したから、レガード侯爵がフラット殿下にも乗り換えられるようにしているという可能性は？」

――その可能性も否定できませんね。でも王族の結婚には時間がかかります。完全にフラットと繋がる前にこちらの準備ができれば、奴を潰すことができるでしょう。

「その前にあなたに攻撃の矛先が向かなければいいのだけれど」

――十分注意します。でも俺は貴女の方が心配なのです。またレガード侯爵家から攻撃があるかもしれない。貴女も十分注意してください。

「わかったわ。あなたも気をつけて。私にできることがあったら言ってね」

――ありがとうございます。ああ……早く貴女と堂々と会えるようになりたいです。

「……私も」

大好きなこの人の声を、ずっと聞いていていたい。

できるなら直接、隣で。

でも、それよりも何よりも、「無事でいて」。

アスタリスクは心からそう願った。

第八章

死ぬときは一緒に

Chapter 8

レガード侯爵家で盛大なパーティーが催されたのは、それからまたしばらくしてのことだった。

事前に第一王子と第二王子が出席するという情報が流れたので開催前から大変な注目を集め、妙に得意気なレガード侯爵がほのめかした言葉でこのパーティーが事実上フラット第二王子のお見合いの場だと理解している娘を持つ貴族を中心に、パーティー招待状の争奪戦が起こったとか起こらなかったとか。

娘が王子妃という地位を手に入れれば、一族は繁栄し娘自身も王族として様々な特権が手に入る。招待状を無事手に入れた家の令嬢たちはできる限り美しく着飾り、自分こそが王子妃になると意気込んでいる人も多そうだ。

そんな華やかな人々の中でアスタリスクは、一人冷めた目で会場を眺めていた。

立場的に招待もされたし、サーカム・ギャレットの顔も久しぶりに見たいと思ったので出席はしてみたが、ここで目立つつもりはないので会場の端の方で大人しくしている。

「ご婦人方とご令嬢方の目が獲物を狙う目に見えて僕、怖いです……」

隣でセディユが、存在感を可能な限り薄くしてアスタリスクの影に隠れるようにして言った。

「フィーネ嬢のようなストロベリーブロンドやブロンドのご令嬢が多いように見えるわね。ドレスの趣向もフィーネ嬢のような可愛らしい感じにしているみたい。だけど、フィーネ嬢は出ていないようね」

アスタリスクも口元を扇で隠してこそこそと言う。

フラットの妃を狙うなら、今フラットが執着しているフィーネに似せるのはある意味正しいのかもしれない。

誰も彼もがフラットに照準を定めているように見える。

その証拠にいつもは大挙して押し寄せてくる令嬢とその母親たちも、今日ばかりはセディユにあまり反応しない。

「僕、王子という立場に心から同情します……」

セディユができる限り存在感を消しながら、しみじみと言った。

そんな風に二人でこそこそ話をしていたら。

「セディユ・コンウィ公爵令息とアスタリスク・コンウィ公爵令嬢ですね。ご挨拶をさせてください。ティモ・ヴェルデンと申します。お会いできて大変光栄です！」

そう言いながら、でっぷりと太った中年の紳士が近づいてきた。

わざわざ会場の隅にいた二人を見つけてあえて声をかけてきたということは、何か用事があるのだろうか。

そう思って身構えていたら、そこに着飾ったグラーヴェもやってきた。

紳士はグラーヴェにもにこやかに挨拶をした。

「グラーヴェ・レガード侯爵令嬢、貴女にもご挨拶できて誠に光栄です。ティモ・ヴェルデンと申します。お噂通り大変お美しいですね」

にこにこと愛想良く挨拶をする中年紳士。

そんな紳士にグラーヴェは気を良くしたようだ。

「まあ、ありがとうございます。今日は楽しんでいただいてますか？　何かありましたら遠慮なく仰ってくださいませね」

「いえいえ素晴らしい会ですよ。何も不満などありません。さすが王子をお二人も招待される家だけあると感心しているところです。グラーヴェさまと、アスタリスクさまも、サーカム殿下ととても親しいとか」

中年紳士はグラーヴェとアスタリスクのことを見比べながら探るように言った。

「まあ、そうなんですの〜！　殿下は普段とてもお仕事がお忙しいのですが、今日は私のために来て下さるそうなのです。だから私も殿下のために、頑張ってお洒落をしましたのよ！」

パーティーと美貌を褒められて嬉しかったのか、グラーヴェが上機嫌で答えていた。

彼女のお洒落とは、体のラインをこれでもかと強調する露出多めのドレスのことを言うのかと、アスタリスクは密かに思ったが黙っていた。

そういえばランドルフが、グラーヴェが肉体的魅力を感じさせる魔道具を使っていると言っていたな、と思い出す。

中年紳士もなんだか鼻の下を伸ばしてグラーヴェの姿をちやほやと褒めそやし始めた。

「きっと殿下も楽しみにしているでしょうね。お美しいあなたとの久しぶりの再会に」

「まあそう思います？　実はそうなんです久しぶりで……私、今からもうドキドキしていますのよ！」

そう言って胸元に手を当てるグラーヴェ。

その手をつい視線で追った全員の目が、グラーヴェの豊かな胸の谷間に自然に誘導された。

「姉さまも殿下と会うのは久しぶりですよね」

しかしセディユは魔道具の効果を全て消してしまう指輪をしているので、中年紳士のようにデレデレとした表情ではなく、皮肉な笑みを浮かべて言った。

「おお、アスタリスクさまも殿下とは久しぶりにお会いになるのですね。殿下はいつごろいらっしゃるでしょうか。ご存じですか？」

中年紳士は、それでもはっとした顔をした後アスタリスクにそう聞いた。

アスタリスクは微笑みつつも、丁寧に答えることにした。

「いついらっしゃるか私も存じませんの。ただ我が国の慣例として王族は遅れて参加することが多いですから、まだしばらくはいらっしゃらないのではないかと思いますわ」

「なるほど……ではまだしばらく我慢が必要のようですね。殿下がいらっしゃったら、きっと貴女のことを見つけて微笑まれるのでしょうね」

中年紳士はにこにことアスタリスクに話し続ける。

そんな紳士に、グラーヴェが言った。

「あら、もし殿下にご用事があるのでしたら、私に言ってくださいませ。今日は私、殿下にエスコートしていただく予定ですのよ」

そう言って胸を張るグラーヴェを、アスタリスクはただ眺めていた。

今日のグラーヴェはいつにも増して自信満々だ。

きっとサーカム・ギャレットが現れたら、パーティーのホストという立場を使ってレガード侯爵がグラーヴェを張り付かせる予定なのだろう。

サーカム・ギャレットもホストを邪険にするわけにはいかないので、ある程度は相手をすることになる。

相変わらずの力業というか強引というか。

「それは素晴らしい。さすが未来の王妃さまとも言われるお方、なんてご親切に」

「まああ！　もちろん何の問題もありませんわ。今日はサーカム殿下の弟君にとって大切な日になるでしょう。私もサーカム殿下も、今日を心から楽しみにしておりましたのよ。なにしろ未来の義妹が決まるかもしれないんですもの」

　グラーヴェが意味深な笑みを浮かべて言った。

　正式に妃を決めるパーティーではないのだが、事実上その意味をもたせたパーティーなのだと、グラーヴェはほのめかしたのだ。

（未来の義妹、ね）

　アスタリスクは上辺の微笑みを浮かべたまま、皮肉な気持ちでグラーヴェの言動を眺めていた。

　しかし紳士は違う点が気になったようだ。

「でもフラット殿下には、もう心に決めた方がいらっしゃると聞いたのですが」

　するとグラーヴェはふんと鼻で笑って言った。

「ここだけの話、その方はフラット殿下には相応しくないのです。出自が卑しいですし、今も身分が低すぎて。ですので今日は父がフラット殿下のために、殿下に相応しい方だけをお招きしたのですわ」

「しかしフラット殿下はそれでいいのでしょうか？　その方を愛しておられるのでしょう？」

　紳士は不思議だという表情で聞いた。すると。

「その方は愛人の方が相応しいと父が言っていましたわ。ええもちろん私もそう思います。フラット殿下は殿下に相応しい妃を娶り、妃とは別にお好きな愛人を囲えばいいのです。愛人ならば出自や身分など関係ありませんから」

グラーヴェが満面の笑みで言った。

「愛人ですか。でも妃からしたら愛人という存在は嫌なものではありませんか？　たとえば貴女はサーカム殿下に愛人がいたらと、心配になったりはされないのですか？」

紳士はちょっと驚いた様子だ。しかし、

「サーカム殿下は王太子になると言われているような素晴らしい方ですもの、愛人くらいは仕方がないと思っておりますのよ。それだけ殿下が魅力的ということですわ。私は理解ある妃になれると自負しておりますの。王族ならば愛人の一人や二人、いるのが普通でしょう？」

そう言ってわざとらしくアスタリスクをちらりと見たグラーヴェだった。

「まあ、グラーヴェさまはとても寛大な方なのですね。わたくしにはとうていできないことですわ」

カチンときたアスタリスクは、冷たく言って返した。

「あらまあアスタリスクさまったら。それでは器が小さいと言われますわよ。それに殿下が愛人を持たないとしたら、困るのはアスタリスクさまではありません？　もうお一人で生きていくお覚悟をされているのならいいのですが」

グラーヴェがくすくすと笑いながら勝ち誇ったように言う。

アスタリスクは不思議だった。

どうして殿下は一貫した態度をとっているというのに、それでも自分が妃に選ばれると思えるのだろう？

そう思ったとき、きっとレガード侯爵が娘に、そう約束でもしているのだろうと思い至った。

この父がお前を必ず妃にしてやる。だから父の言うことを聞くのだぞ。

それは昔ながらの、そしていまだに一部の貴族に残っている親に絶対服従でなければならない親子関係だ。

「わたくしは愛人にはなりませんわ」

アスタリスクはグラーヴェの目をまっすぐに見て言った。

「まあ、いつまでそんなことを言っていられるかしら？　あなたは一生『公爵令嬢』として生きるのでもいいかもしれませんけど、弟君はどう思われるかしらね？　私なら死ぬまで兄弟の世話になって迷惑をかけるなんてしたくありませんけど」

そんなアスタリスクをグラーヴェが嗤う。

たしかにこのままサーカム・ギャレットと結婚できなければ、一生独身の可能性がある。

でもそれが嫌だからと、サーカム・ギャレットの愛人になる気はアスタリスクにはなかった。

どんなに彼を愛していても。

「それでもわたくしは誰の愛人にもならないし、もしも結婚したら自分の夫にも誠実でいてほしいと思っています」

「姉さまを愛人にはさせません。姉さまが結婚しないのならば、喜んで僕がちゃんと一生面倒をみます」

セディユもはっきりと言ってくれた。

アスタリスクはこんな頼もしい弟を持って幸せだと思った。

「でも、来年には違うことを言っているかもしれないですわね？　今はまだそんな断言はしない方がよろしくてよ」

グラーヴェがそう笑って言ったときだった。

「いえいえ、素晴らしいお考えですよ。アスタリスク嬢、貴女に幸運が降り注ぎますように。では殿下たちがいらっしゃったらまたお話しましょう」

そう言って今までにこやかに話をしていた中年紳士はアスタリスクに丁寧なお辞儀をしてから、そのままにこにこしながら去って行った。

「あらあ、このまま私と一緒にいたら、殿下を真っ先に紹介してあげたのに」

グラーヴェがつまらなそうに言う。

ちやほやしてくれる彼が去ってしまって残念なようだ。

しかし。

「彼はきっと、僕たちを見極め終わったんですよ。彼を味方にできたみたいで良かったですね、姉さま」

セディユがちょっと呆れたように言った。

「は？　何を言っているの？」

グラーヴェが、さもよくわからない、という顔になっていた。

なのでアスタリスクは説明することにした。

「あの方は隣国リュートの外務大臣です。服装と勲章が特徴的でしょう？　どうやらいつの間に新しい人に変わったようね。あなたは知っていた？　セディユ」

「いいえ。でもあの国は王の思いつきですぐ人事を動かしますからね。それにしても今回は突然のようですけど。やはり前の外務大臣の愛人騒動が原因でしょうか」

「愛人騒動……？　そんなことで大臣が変わるわけないでしょう。あり得ないわ。よくあることじゃない」

グラーヴェが驚いていた。しかし。

「隣国リュートは厳格な一夫一婦制で、愛人の存在を王族でも許さないのは有名ですわよ。だから同じ意見だった私に彼も同意してくださったのでしょう。隣国の大臣までお招きするとは今回のパーティーの規模の大きさと格の高さが素晴らしいですね。さすがレガード侯爵家です」

絶句するグラーヴェとは対照的に、アスタリスクは優雅に微笑んだ。

アスタリスクは今までの妃教育の中で、自国と関係のある外国の情報は細かくたたき込まれている。

セディユも同じように未来の宰相に相応しいようにと、コンウィ公爵から様々な情報を教え込まれているのだ。

だから先ほどの中年紳士の格好と勲章を見て、すぐにそれとわかった。

しかしグラーヴェは、そういう教育とは無縁だったようだ。

きっとレガード侯爵は出世に気を取られすぎて、娘たちの教育まで手が回らなかったのだろう。

「……父は顔が広いので。驚くほど高貴な客人が我が家にはよくいらっしゃるんですのよ。ええと、そろそろ殿下たちがいらっしゃるころかしら？　では私はお迎えしないといけませんので、失礼しますわね」

グラーヴェは居心地悪そうにそう言って足早に去って行った。

「いいんですか姉さま。隣国リュートでは愛人という地位を認めるような人も蔑みの対象になると教えなくて」

セディユがこそっと聞いてきた。

なのでアスタリスクは鷹揚に微笑みながら言った。

「え？　いいんじゃない？　彼女はきっと隣国とはこの先も関係ないでしょうし。それに私たちが教えなくても、もしも本当に王子妃になるのなら嫌でも妃教育でたたき込まれるわよ。私たちが心配する義理はないわ」

「それもそうですね」

（まあ先ほどの彼から、私たち三人の印象と情報はもう隣国へ送られてしまうでしょうけれど）

そう思ったときだった。

アスタリスクのイヤリングが震えた。

サーカム・ギャレットからの通信開始の合図だ。

アスタリスクはさりげなく手を耳元にやって、イヤリングのスイッチを入れた。

「どうかなさいまして？　何か問題でもありました？」

セディユに話しかけているテイで、アスタリスクは小声で聞いた。

セディユのピアスも震えたようだ。セディユも耳元に手をやっていた。

——問題が発生しました。危険ですのでパーティーは切り上げて、できるだけ早く家に帰ってください。事情はおいおいお話しします。

周りを見回すと、レガード侯爵の姿もないようだ。

帰宅の挨拶をしようと思ったができない。

しかしサーカム・ギャレットの切迫した声から悠長にホストを探している暇はないと判断して、アスタリスクは嫌な予感のまま両親とセディユとともに急いで家に帰ることにした。

帰りの馬車の中でサーカム・ギャレットが説明したことを要約すると、こうだ。
フラットとの結婚が絶望的になったフィーネが、レガード侯爵家にある魔道具を盗んで行方をく

らませた。

とても厄介な魔道具を持ち出したようなので、レガード侯爵家からは出て安全のために家にいてほしい。

どんな魔道具が持ち出されたのかは現在調査中、とのことだ。

その話を馬車の中で両親と共有する。

「フラット殿下の言っていたレガード侯爵が魔道具を収集しているというのは本当だったのだな。殿下に、家族を家に送ったらすぐに王宮へ参じると殿下に伝えてくれ」

父であるコンウィ公爵が、やれやれという感じで言った。

「このことが公になれば、レガード侯爵は失脚するのでしょうか?」

セディユが聞く。

「完全に失脚となるかはわからないが……なにしろ今はサーカム殿下が率先して魔道具を自分で作ったりしているからな……だが良からぬ事を企んでいたという疑惑は免れないだろう。重い処分が下るはずだ」

「サーカム殿下の話を聞く限り、持ち出されたのはよほど危険な魔道具のようですね」

アスタリスクも言った。

「今はそのフィーネ嬢が何を持ち出したのかがわからないから、その攻撃の先がレガード侯爵の可能性を考えると急いで帰って正解だったわね」

コンウィ公爵夫人もそう言った。

パーティーは今も素知らぬ顔で続いているだろう。主のいないまま。

しかし参加者の多くが期待している王子二人の登場はなくなった。

——フラットがフィーネ嬢と喧嘩したようです。今日のパーティーにフラットは出るのかと聞かれて、フラットが出ると答えたらフィーネ嬢がヒステリーを起こしたらしい。

——フィーネ嬢は今日のパーティーには出さないと前から言い渡されていたようで、不満があったようです。今回のことはそのころから計画していたのかもしれません。

そんなことを切れ切れにかつ淡々と報告してくれるサーカム・ギャレットの後ろでは、大勢の人が動いているような音が常に聞こえていた。

時折誰かに命令するサーカム・ギャレットの声が入る。

——レガード侯爵家に入れていた影からの報告が入りました。まだ魔道具の特定はできませんが、レガード侯爵がとても狼狽えているそうです。部下に早くフィーネ嬢を見つけるようにと怒鳴り散らして……判明した？　本当に？

誰かからの報告を聞いているようだ。

——魔の森だと？

アスタリスクは驚いた。

魔の森とは、去年アスタリスクがフィーネに拉致された場所ではないか。

そして奥にはおそらく、今でも危険な魔獣が多く棲んでいる。

端の方はもう魔獣も出なくなっているとはいえ、森はとにかく広大で人が抜けられるような道もない。

あまり話題にはならないが、毎年何人もの冒険心を持った人たちが入り込んだまま帰ってこないという話だ。

そんな広大な森が、王都の近くには存在しているのだ。

いや、そんな森の近くだからこそ今の場所に王都が建てられたとも言える。

この森の魔物たちを平定して森から出ないように協定を結んだのがこの国の初代の王だと言われていて、その王がこの森から魔物が出てこないように見張るために王都をあえてこの森の近くに作ったという伝説がこの国には残っていた。

しかしそんな話は今や完全に伝説で、記録がある今までの歴史の中でも魔物が森から出てきて災害をもたらしたような事件はほとんど起きていない。今までで数えるほどしか。

ただし魔獣の集団が姿を現わしたときは、その集団が狼型の十数頭の群れだったにもかかわらず応戦した当時の王国軍が半壊するほどの被害だったと伝えられているし、一定以上奥に入った人間は今でも一人も帰ってこないと言われているので、とても危険な森であることに変わりない。

そんな魔の森に、また入ったのかフィーネは。

そう思って驚いていると、サーカム・ギャレットから連絡が入った。

――アスタリスクさま。申し訳ないのですが、そちらにいる魔獣の鳥を連れて協力してくださいませんか。これは俺からの正式な要請です。同じ魔獣ならば、使えるのではという意見が今出ています。

「わかりました。ドロップを連れて父と一緒にすぐに向かいます」

アスタリスクはそう即答して、着の身着のままで家に着くやいなや火の鳥ドロップがいる巨大な鳥かごに向かった。

火の鳥ドロップは普段、夜の間はほのかな炎をまといながら止まり木の上で眠っている。

しかしアスタリスクが鳥かごの前に着いたとき、珍しくドロップは爛々と目を輝かせながら起きていた。

「ぴいっ！」

（いかなきゃ！）

アスタリスクの顔を見るなりそう鋭く鳴いた。

「……どこに行かないといけないの？」

明らかに落ち着きを失っているドロップの様子を見て、アスタリスクは慎重に聞いた。すると。

「ぴいいっ！」

（わからない！　でもなにかがよんでる！）

そう鳴きながら頭の羽を逆立てて、止まり木の上でウロウロと落ち着きなく動き回っているドロップ。

落ち着きのない魔獣を前に、この子を鳥かごから出して良いものかアスタリスクは躊躇してしまった。

コンウィ公爵夫妻とセディユもアスタリスクの後ろで、いつもと違う火の鳥ドロップの様子を見て困惑していた。

「ギャレット。ドロップが落ち着きをなくしているの。どこかわからないけれど、どこかに行かないといけないと言って。このまま出したらそのどこかへ行ってしまうかも」

イヤリングの通信機を通して報告した。

このまま出して、火の鳥という強力な魔獣を見失うわけにはいかなかった。

するとサーカム・ギャレットから返信があった。

——セディユに渡してある魔術無効の指輪を身につけさせてください。火の鳥もおそらく、フィーネ嬢の持ち出した魔道具に反応していると思われます。指輪で無効化すれば落ち着くはずです。

その上で、アスタリスクさまの命令を聞くように言い聞かせられますか。

フィーネの魔道具……？

コンウィ公爵家が魔の森ともそれほど離れていないとはいえ、それでもそれなりに距離のあるこの家まで影響が出るような強力な魔道具ということなのだろうか？

アスタリスクが困惑している間に、同じようにピアスで聞いていたらしいセディユが指輪を外してアスタリスクに渡した。

アスタリスクは言った。

「ドロップ。この指輪を身につけてちょうだい」

ドロップはアスタリスクの近くまで飛んでくると、金属の檻の間から嘴を出してアスタリスクの手に置かれた指輪を拾い上げた。

そのとたんに、逆立っていた頭の羽がぱたりと寝た。

そして首をひねりながら不思議そうに言う。

「ぴい？」

（あれ？　よるはねるじかんだね？）

そんなドロップの様子を見て、公爵夫人が自分の手首を飾っていた金のブレスレットを外し、器用にドロップの咥えていた指輪に通した後、輪にしてドロップの首にかけてしまった。

「これで大丈夫ね。ドロップちゃん、そのブレスレット、燃やしたらダメよ？」

きゅるんと首をひねりながら、それでもなんだか嬉しそうなドロップにアスタリスクが母の言葉を通訳すると。

「ぴいー！」

（わかったもやさない！　ままからのぷれぜんと！）

きゅるきゅると嬉しそうに首をひねっているドロップはいつもと変わらない様子だ。

「指輪は僕のなんだけど……」

気弱そうに小声で抗議するセディユの言葉は聞こえなかったようだ。

火の鳥らしく最近はいつも燃え上がっているドロップだったが、不思議なことにドロップの体の表面に近いものは燃えにくいようだし、ブレスレットは金属製なのでなんとか大丈夫だろう。

魔力無効の指輪のおかげでフィーネの魔道具の影響らしきものを受けなくなったドロップは、突然プレゼントをもらったと思って嬉しそうにきゅるきゅると首をひねりながらアスタリスクたちを見ていた。

「普段通りに戻ったわね……じゃあドロップ、私と一緒に来てくれる？　ただし、私の言うことは絶対に聞いてくれると約束しないとここからは出せない」

「ぴい？」

（きくよ？　いっつもきいてるよ？）

「姉さまが許可したもの以外は何も燃やしちゃだめだよ」

セディユがそう言っても、

「ぴいー！」

（わかった！　もやさない！）

胸を張ってそう答えるドロップはいつものドロップだったので、アスタリスクは意を決してドロップを鳥かごから出した。

「じゃあドロップ。一緒に行くわよ」

「ぴぃー！」

（おそとだ！　よるのおさんぽ！）

「姉さま僕も行きます。少しでも殿下のお役に立たなければ」

「では三人で行こう。馬車を飛ばすぞ」

「行ってらっしゃい。みんな頑張ってね～」

と、その場で三対一に別れることになった。

「母さまは来ないのですね？」

セディユが意外そうにそう言うと。

「だって家を守る人がいなくなるじゃない？　私は家にいるから、何でも言ってくれれば私の権限でどんな支援物資でも送ってあげる。とりあえずお金をたくさん用意しておくわね。あと武器もいるわよね？　我が家の私兵はいつでも出れるように準備しておくわ」

豪奢なドレスを着た貴婦人が言うには少々物騒な言葉を、美しい笑顔でさらっと吐いた公爵夫人だった。

ドロップがいると明るくて、照明の代わりになるのでとても便利だ。

乗ってきた馬車にまた飛び乗って、大急ぎで三人は王宮に向かった。

が、すぐにサーカム・ギャレットからの連絡で、魔の森の入り口で落ち合うことになった。

夜というよりもう深夜なので、火の鳥ドロップはアスタリスクの肩の上で、限りなく炎を小さくしたままこくりこくりと居眠りをしている。

だけれどコンウィ公爵親子の三人は、みんな真剣な顔で黙りこくっていた。

三人とも、事態が深刻なことを感じ取っていた。

指輪を与える前のドロップの異常な様子。

魔獣という危険なものを、躊躇なく出せと言った王子。

王宮で打合せをする間もなく魔の森に向かう意味。

アスタリスクたちが魔の森の入り口前に到着したとき、すでに大きなテントが張られ、その周りを広く何かが煌々と明るく照らしていた。

おそらくサーカム・ギャレットの魔道具だろう。

「殿下、参りました」

アスタリスクはドロップを連れたまま、急いでサーカム・ギャレットのところに行った。

サーカム・ギャレットのそばには、フラット第二王子とレガード侯爵がいた。

レガード侯爵は拘束されているようだ。

他にも防衛大臣や軍の幹部らしき人たちが忙しそうに動き回っている。

「アスタリスクさま、ありがとうございます。ドロップも」

サーカム・ギャレットは、駆けつけたアスタリスクを見て嬉しそうにちょっとだけ笑みを浮かべて早口で言った。

「はい。この子は何をすればいいでしょうか？」

「魔の森に飛ばして、魔獣たちの動きを教えてほしいのです。魔の森は馬が怖がって深くまで入れないし、人間の足では時間がかかる上にせっかくの戦力を失いかねない。だから上から見た状況を教えてほしいのです」

「わかりました。ですが王宮で管理している偵察用の鳥たちもいますよね？」

「います。でも飛ばそうとしたのですが、馬同様森を怖がってしまい全く使い物になりません。すぐに引き返して来てしまうのです。それに言葉がわかる方が早くていい」

「わかりました。ではすぐに飛ばします」

そしてアスタリスクは魔の森の上を飛んで、森にいる魔獣たちの動きを教えるようにドロップに言い聞かせると、その場で放した。

「ぴぃーー！」

ドロップは一声かん高く鳴くと、真っ直ぐに真っ暗な森の上に向かって行った。

その姿はあくまで優美で美しく、真っ黒い海の上を美しい炎が飛んで行くような光景だった。

「ぴぃーーー！」

「ずっと奥の方に、たくさんの動物がいると言っています」

アスタリスクは即座に聞こえたドロップの言葉を伝える。

「フィーネ嬢がまだ見つかっていない。だが魔道具を作動させているのは確実のようだ」

サーカム・ギャレットが真剣な顔をして言った。

「どんな魔道具なのですか？　ドロップの様子もおかしかったのです。妙に興奮していて」

コンウィ公爵が聞いた。

「レガード侯爵が口を割らないから詳しくはわからないが、どうも魔獣に関する危険なものらしい」

ちょうどサーカム・ギャレットがそう答えたときだった。

突然アスタリスクの後ろにいたレガード侯爵が、拘束されていた縄をいつの間にか解いてアスタリスクの方へ走り出した。

「お前のせいで！　お前がいなければ！」

レガード侯爵の手には小さなナイフが握られていた。

その刃が照明の光を反射してキラリと光ったのが、振り返ったアスタリスクの目に入った。

アスタリスクは動けなかった。

と、そのとき。

突然横から飛び出した影がレガード侯爵を押し倒し、そのまま床に縫い止めた。

カラン、そんな軽い音がして、レガード侯爵の手に握られていたナイフが床に落ちた。

「ランドルフさま……？」

人が多くてアスタリスクは気付いていなかったのだが、近くにいたランドルフが身を挺してアスタリスクを助けてくれたのだった。

ランドルフはこの場でも護衛としてアスタリスクを守ってくれていたようだ。

「今回は無事、あなたを救えたようでよかったです。お怪我はありませんか？」

レガード侯爵にのしかかりながらも、そう爽やかな笑顔を見せたランドルフに、アスタリスクは驚きながらもお礼を言った。

「ありがとうございます。お陰様で怪我はありませんわ。ランドルフさまは？」

「私は大丈夫ですよ。ご心配ありがとうございます。ところで殿下、魔獣用に用意したこの拘束具をこの男に使ってもよろしいでしょうか？」

「そうだな。許可する」

「かしこまりました」

そう言うと、ランドルフが笑顔のまま妙に固くて丈夫そうな縄を使ってレガード侯爵をぐるぐる巻きにし始めた。

「あれは……？　すごく丈夫そうね」

「あれは金属製のワイヤーです。普通の人間ではまず切れません。魔獣用に持って来ておいてよかったです」

「金属で縄を作れるものなの……？」

ほのかに得意げになったギャレットの顔を、アスタリスクは驚いて見ていた。

（この人、何でも作るわね）

ちょっと呆れたのも本心ではあるが。

それでも固い金属製の縄でぐるぐる巻きにされたレガード侯爵は、さすがにもう抵抗はできないようだ。

「さてレガード侯爵。私の大切な人を傷つけようとしたこと、忘れないぞ。今回のことが無事終わったら、貴公はきっと忙しくなるだろうな」

サーカム・ギャレットがレガード侯爵を睨みながら言った。

「ふん。今回のことが終われば、な。終わらないかもしれませんよ」

レガード侯爵がふてくされた態度で答える。

「それはどうかな。今、フィーネ嬢が貴公の家から持ち出した魔道具について説明すれば、もちろんそのことも覚えておいてやる。魔道具の利用目的と停止法は？」

「知りませんな。我が家には似たようなガラクタがたくさんありますもので、いちいち把握はしておりません」

そう言ってレガード侯爵がそっぽを向いたときだった。

コンウィ公爵が、突然朗らかな笑顔を見せてサーカム・ギャレットに言った。

「ほう、なるほど。自分の家にあるものを把握していない、と。それは少々危機感が足りないようですな。殿下、少々彼をお借りしても？」

コンウィ公爵はそう言うと、サーカム・ギャレットの許可を得てレガード侯爵を明るく照らされた陣地から森の方角へ、兵士と一緒に引き摺っていった。

そんな父を見送ったアスタリスクは、森の闇のような暗さと今自分のいる場所の明るさの違いに改めて驚いた。

「それにしても、ここは深夜なのに明るいのね」

「魔道具で照明を作ったんです。できるだけ魔力を効率よく光に変換させるように工夫した自信作で。王宮の魔術師たちも大勢連れてきているから、しばらく魔力切れもしないはずです」

と胸を張った。

「これだけ明るいと地図も見やすいし文字も書けますね」

セディユが感心したように言う。

「他にもいろいろ開発していた魔道具を持ってきているんだ。まさか今日使うことになるとは思わなかったが」

そう言って笑うサーカム・ギャレット第一王子の傍らでは、フラット第二王子がブツブツと独り言を言いながら茫然としていた。

その独り言はフィーネはそんなことしないとか、フィーネはレガード侯爵に命令されてこんなことをとか、ひたすらフィーネは悪くないと言っているようだ。

ちょっと目の焦点が合っていない感じなのが不気味だ。

「ぴぃーーーー！」

またドロップの鳴き声が聞こえてきた。

静かな深夜にドロップの鳴き声はよく響いた。

「たくさんの動物たちが、森の奥から少しずつこちらに向かっているようです。とてもたくさんいると言っています」

「動物たちというのは、きっと魔の森にいる魔獣たちだろうな。よりによってこちらに向かっているということか」

「サーカム殿下！　魔獣対策班、魔の森前に到着しました！」

軍の幹部らしき人が報告していた。

「対策班を守りつつ森を囲うように軍を配置しろ。魔獣を王都に入れるわけにはいかない。絶対に漏らすな」

「はい！」

「魔獣対策班……そんなものがあったのですね」

セディユが驚いたように言った。たしかに今まで聞いたことのないものだ。

「魔の森があるからね。昔から伝統的に魔獣対策を考えている研究所のようなものだ。主に魔術師で構成されている。ただほぼ実戦経験はないから、今回もどれほど効果があるのかは不明だ。少しでも追い返せるといいんだが」

「ぴぃぃーーー！」

悲鳴のようなドロップの声が響いた。

「殿下、動物たちとは会話ができないそうです。みんな興奮状態で、会話をする気がないと」

そのとき、レガード侯爵と一緒に暗がりへ消えていたコンウィ公爵が、ぐったりしたレガード侯爵をまた引き摺りながら帰って来た。

「サーカム殿下、報告します。レガード侯爵によるとフィーネ嬢の持ち出した魔道具は魔獣をおびき寄せるための魔道具で、作動させる魔力次第ではとにかく大量の魔獣を引き寄せることができるとのことです。その魔道具で、フィーネ嬢は魔の森の魔獣たちを王都へ襲撃させるつもりだろうと言っています。元々そのように使うための魔道具のようですね」

そう言うコンウィ公爵の隣では、拘束されたままのレガード侯爵が力なく座り込んでいた。

二人の間に何があったのかは全くわからない。ただレガード侯爵は魂を抜かれたようにぐったりとしていた。

「それは、国家転覆にも使えるような魔道具ということだな？」

サーカム・ギャレットが冷たくレガード侯爵に言った。

「そ……んなつもりは……ただ……そう、ただのコレクションだったのです……」

レガード侯爵は弱々しくそう言ったが、そのような魔道具を隠し持っていたというだけで、十分謀反を起こす気があったと判定されるものである。

どんな言い訳をしても無駄なレベルのものを持っていて、しかもそれを持ち出されたということだ。

レガード侯爵がパーティーを放り出して狼狽えるわけだとアスタリスクは驚いた。

「そなたの母が、たしか隣国リュートの出身だったな。隣国ではそのような違法な魔道具も簡単に手に入るのか？」

「……」

レガード侯爵は答えなかった。

サーカム・ギャレットも答えは期待していなかったのだろう。

「とにかくフィーネ嬢の場所を特定して魔道具を止めさせるのが最優先だ。アスタリスクさま、火の鳥にフィーネを探させることはできますか？」

「できると思うけど……呼び戻さないと。ドロップ！」

アスタリスクは魔の森に向かって、できるだけ大きな声でドロップを呼んだ。

すぐに遠くから、

「ぴぃーー！」

（はーい！）

という返事が来たことに、アスタリスクは内心驚いた。

届かないと思っていたのに、アスタリスクの声が聞こえたらしい。

すぐに魔の森の方からやたら明るい火球が、猛烈な速さでアスタリスクめがけて飛んできた。

そしてその火球はアスタリスクの前で優美な鳥の姿に変わる。

「ぴぃ？」

（あすたーよんだ？）

「ぴぃぴぃ！」

（とにかくすごいんだよ！　たくさん！　たくさんのどうぶつがはしってる！）

「フィーネという女の子がこの森のどこかで魔道具を使ってその魔獣を呼んでいるらしいの。そのフィーネを探してくれる？」

「ぴぃーー！」

（わかったさがすーー！）

そのとき、サーカム・ギャレットがドロップに言った。

「見つけたらこれをフィーネの近くに落としてくれ」

手になにやら魔道具らしきものを持ってドロップに見せている。

「これをフィーネの近くに落として来てって。見つけたらね」

「ぴいい！」

（わかった！　さがしておとす！）

サーカム・ギャレットの差し出した魔道具を嘴でひょいと咥えると、そのままままたドロップは飛び上がった。

ぱあっと燃え上がって周りを明るく照らし、その燃えさかる炎のまま、また魔の森へと高速で戻っていく。

「アスタリスクさま、あのドロップは素晴らしいですね。よく協力してくれて助かります。王宮はまだ、魔の森の奥まで自由に行き来できる手段を持っていないのです」

サーカム・ギャレットがしみじみと言った。

「王宮は魔獣も飼っているのではないの？」

だからこそコンウィ公爵がドロップを王宮に献上しようとしたはずなのだが。

「魔獣は研究用にいるにはいるのですが、基本大人しいものばかりなのです。今回も偵察用の鳥と一緒に試してみたのですが、魔獣も魔の森を怖がってしまう始末で」

「じゃああのドロップみたいな子はいないということ？」

「いないどころか、そもそもあれほど強力な魔獣は普通に見つけた場合は危険すぎるので討伐対象です。討伐できなくても、最低限追い払うことになります。捕獲できるならするでしょうが、普通は強い魔獣ほどプライドが高いので捕まってくれません。死ぬまで暴れるのです。結局殺すか追い払うかの二択になるのですよ」

苦笑いしているサーカム・ギャレット。

「ええ……じゃあ私に懐いているのが特殊ということ……？」

「そもそも魔獣の卵を個人所有することが違法ですので。でもこれからは王宮も考えた方がいいかもしれませんね」

そう言ってサーカム・ギャレットはフラットの方をちらりと見た。

青い顔をして茫然としていたフラットはサーカム・ギャレットの視線を感じて、

「……僕は本当に珍しい鳥の卵だと聞いたんだ。魔獣の卵なんて知らない」

と、台詞のように以前の証言を繰り返した。

しかしサーカム・ギャレットは追求の手を緩めない。

「その卵はどこから手に入れたんだ？」

「…………フィーネにもらった。だけど、きっとフィーネも知らなかった！　レガード侯爵が魔獣の卵だなんて言わないで渡したんだよ！　そうだろう？　フィーネだって魔獣の卵だと知っていたら、きっと怖くて持ってなんていられないだろう！」

「……私は知りませんな…………っと、いや渡したかもしれませんが、私も知らなかったのですよ魔獣の卵だなんて」

しらばっくれようとしたレガード侯爵の前にコンウィ公爵がすっと立つと、なぜかレガード侯爵が意見を翻した。

父とはいえ、一体この宰相はレガード侯爵に何をしたのだろうとアスタリスクは訝しんだ。

普段は温厚なよい父なのだが。

ふと見るとセディユが父を見て「うわあ……」とでも言いたげな顔をしていた。セディユは父が何をしたのか予想がついているのだろうか。

「ああやはり……なんてことだ僕のフィーネ、可哀相に……！　レガード侯爵なんかに騙されて……！」

フラットが突然悲劇の主人公のように身もだえし始めたが、この場にそんなフラットの相手をする気のあるものはいないようだ。

「たとえ知らなくても魔獣の卵を隠れて所持していただけで罪になる。このまま裁判は免れまい。それに加えてアスタリスクを害そうとした上に今回の騒動の元もレガード侯爵が所持していた違法魔道具なのだから、もはや全く同情の余地はない。重い裁きを覚悟しておくんだな」

サーカム・ギャレットがレガード侯爵を睨みながら吐き捨てた。

するとレガード侯爵が突然ふんと鼻で笑った後に言った。

「さあどうでしょうねえ？　今あなたは随分偉そうにしていますがね。このまま魔獣たちが大挙して押し寄せたら、今いるこの程度の軍隊では防ぎきれずにそのまま王宮まで一直線ですよ。そうなったらこの国はもう終わりです。偉そうに王子の身分を振りかざせるのも、もうすぐ終わりだ」

今度はコンウィ公爵の睨みもきかないようだった。

とうとうレガード侯爵は開き直ったようだ。不敵な笑みを浮かべ始めた。

「でも、どうして王宮に一直線になるの？　フィーネ嬢が魔道具で魔獣を呼んでいるのなら、フィーネ嬢のところに行くだけじゃないの？」

アスタリスクは不思議に思っていた。

このままフィーネのいる場所の魔道具に集まるだけではないのか。

しかし。

「魔道具のある場所に着くころには、魔獣たちは興奮して当初の目的を忘れているのですよ。そうしてひたすら狂ったように前進するのです。魔道具で凶暴化した魔獣たちは魔道具を踏み潰し邪魔者をなぎ倒し、目の前が人間だろうが建物だろうが全てを踏み潰して力尽きるまで前進するのです」

「魔道具が魔獣に理性を失わせるということ……？」

驚くアスタリスクにレガード侯爵はふふんとせせら笑って言った。

「そう。なにしろあれは戦争用魔道具なのですから。一つの都市どころか、下手すると国をも滅ぼす凶器なのです。あの魔道具が呼べる魔獣はとても多い。そしてその魔獣たちの全てを凶暴化させるのです。きっと明日の今頃は、魔獣に全てを踏み潰されてこの国最大の王都だろうとほぼ壊滅しているでしょう」

（止めなければ）

アスタリスクは戦慄した。

とにかく止めなければならない。

できるなら、魔獣たちが森を出て人を害す前に……！

「ぴいいー！」

（みーつけたー！）

そのとき、火の鳥ドロップの声が聞こえた。

真っ暗な夜の空に、ふわりと円を描いて飛ぶ火球が見えた。

そして聞こえてくる若い女性の声。

――なに？　あんたが一番乗り？　でもなんで一匹なのよ！　ああ！　あんたもはぐれものなのね？　仲間じゃない悲しいわね――

そして聞こえるけたたましい笑い声。

それは、フィーネの声だった。

「フィーネ！」

フラットが叫んだ。

ドロップが、言われたとおりにフィーネを見つけてサーカム・ギャレットが渡した魔道具を近くに落としたらしい。

――やだ、フラット殿下の声がする～とうとう私の頭もおかしくなったかな？　あの裏切り者！

思い出しても腹が立つ！　私と結婚するって言うから頑張ったのに、今さら他の女と結婚とかふざけんじゃないわよ！

なんだかブツブツと興奮してまくし立てている。

「フィーネ嬢、サーカムだ。君の作動させている魔道具をただちに停止しなさい。このままでは大量の負傷者や死者が出るのはわかっているか？」

テーブルに置いてあった魔道具らしきものに冷静な声で話しかけるサーカム・ギャレット。

だが。

――え？　なに？　どこから聞こえてくるの？　どこ⁉

「森の外から通信用の魔道具で話しかけている。ただちに今作動させている魔道具を停止して森の外に出てきなさい」

――はあ？　止めるわけないでしょ？　私はフラット殿下と結婚できないならもう生きていたくないの。なのにあいつは裏切った。レガードもね！　頭にきたから、レガードを巻き添えにフラット殿下もこの国も全部壊してやるんだ！

フィーネは興奮しているようだった。

自棄になっているのかもしれない。

「国を壊すとはどういうことだ？」

――え？　もちろん魔獣に襲わせるのよ。このレガードが大事に隠し持っていた魔道具でね！

もともとそのために置いてあったやつを私が持ち出しただけ。レガードが使う前に私が使うことにしたの！

「……どういうことだ？」

サーカム・ギャレットは、地面に拘束されたまま座らされているレガード侯爵に向かって聞いた。

レガード侯爵はフィーネの台詞を怒りの形相で聞いていたそのままの顔で答えた。

「私は使うつもりはなかったんだ。もしもあなたが私を排除しようとしたときには匂わしたかもしれませんがね。私だって自分が支配する予定の国が壊滅するのは困るんですよ。復興に時間も金もかかるじゃないか。だからあれを押しつけられても本当に使う気はなかった。なのにまさか飼い犬に手を噛まれるとは！」

吐き出すように言う。

しかしその言葉がフィーネにも届いたようだ。

——は？　やだ笑っちゃう～。この国は結局誰も本当はワシに逆らえないんだこの魔道具がある限りとかうっとり私に言ったくせに！　あの魔獣の卵にこれを使って呪いをかけるときだって、全部稼動させればもっとずっと大量の凶暴な魔獣が作れるんだぞって、自慢してたじゃないの！　国を破滅だってさせられるんだって！

「……その国を破滅させられるってことを、今証明しようとしているということか」

サーカム・ギャレットがレガード侯爵を睨みながら苦々しく言った。

レガード侯爵は、今まで見たこともない不敵な表情になっていた。

「ですから私はやるつもりはなかったんですよ。ただ持っていただけです。その証拠に我が家の人間の魔力では起動さえできない代物なのですよ」

「ふん魔力など調達しようと思えばいくらでもできるだろう。隣国リュートの母の実家が黒幕か。だが隣国でも戦争用魔道具となれば禁則品だろう。ということは隣国も公認か？　それをお前に渡して、この国を滅ぼした後乗っ取るつもりだったか？」

――そうよ！　だから私が手伝ってあげたのよ！　この国なんてさっさと滅んでしまえばいい！

「いえいえ何をおっしゃいます。私はもっと穏やかな国の譲渡を考えていたのですよ。王自ら隣国との併合を望むという、もっとずっと平和的なやり方です。しかし王家が頑なにそれを拒否したときは、こんな未来もあるかもしれないとは思っていましたがね」

つまり、レガード侯爵が王の後ろ盾になって国の実権を握り、そのレガード侯爵の指図で隣国にこの国を引き渡そうとしていたということだ。

蕩々と話すレガード侯爵は、もはや言い逃れできないと思ったのか、そんな話をしては愕然とするサーカム・ギャレットやフラット、そしてアスタリスクたちの顔を見てにやにやと笑っていた。

「このままではお前も死ぬことになるんだぞ」

サーカム・ギャレットがレガード侯爵に言ったが。

「そうですね。私としたことが、こんな失敗をするとは……。しかし魔獣たちが王都と王宮を全て壊滅させた後は、私の息子が帰ってくることでしょう。そうしてリュートが当初計画した通り、王族のいなくなったこの国の新しい王に両国の血を引く息子を据えるのです。計画と違うのは、王になるのが私ではなく私の息子になるということだけだ」

「リュートに介入などさせない」

「はっは！　王都が壊滅するのですよ！　今王宮にいる人間なぞ誰も生き残ってはいない。そのような状況につけ込むことなど簡単です。特にそれを予想していた人間たちには」

レガード侯爵は自分の運命を諦めたのか、妙に饒舌になってサーカム・ギャレットにこの国の悲惨な未来を語っていた。

自分が死んでも、今は外国にいる息子が本懐を遂げる。そう信じているからの余裕だろうか。

サーカム・ギャレットはすでに王都にいる人間たちをただちに避難させるように指示を出している。ただ、それが間に合うかはわからない。

「……ドロップに、フィーネを連れて来させることはできるかな」

サーカム・ギャレットがアスタリスクに言った。

真剣な顔だった。

レガード侯爵との会話に気を取られているうちに、フィーネの近くにある通信用魔道具を通して、たくさんの魔獣の咆哮らしき声が聞こえ始めていた。

フィーネの近くまで魔獣が迫ってきているということだ。

人間の足で入れるほど浅い、森の周辺まで。

「ドロップ！　そこにいるフィーネをここまで連れてきて！」

アスタリスクが言うと、空と通信機から、同時に「ぴぃー」というドロップの返事らしき声が聞こえた。

そしてつづく叫び声。

――なにするの！　眩しい！　熱い！　私に触らないで！　触らないでってば――ちょっと――！

そうしてドロップの足にがっちり掴まれたまま、フィーネが空を飛んでアスタリスクのいる場所まで運ばれてきた。

空を飛んできたフィーネは、レガード侯爵の隣に拘束して座らされるまで、まるで魂が抜けたかのように茫然としてなすがままになっていた。まるで気を失う寸前みたいに。

空の旅はあまり快適ではなかったようだ。

「ドロップありがとう。ちゃんと燃やさないで連れてこれたわね」

「ぴぃいー！」

（おもかったけどおれ、がんばった！）

「ひい……！」

フィーネが声にならない悲鳴をあげた。

そうこうしているうちに、置き去りにされた通信用魔道具からは、魔獣たちの足音とうなり声や吠え声がさらに大きく聞こえてきていた。

魔獣たちのうなり声や吠え声を聞く限り、すでに我を忘れて興奮したまま進んでいるようだ。

「これほど大量の魔獣を、森から出すわけにはいかない」

サーカム・ギャレットが緊迫した声で言った。

すでにサーカム・ギャレットの指示で、今集められるだけの軍を森の周りに配置している。

しかし通信用魔道具から聞こえてくる魔獣たちの興奮や数から読み取れる大量の魔獣を、果たして急いで集めた軍だけで抑え込めるかはわからなかった。

そしてとうとう、不穏な声と音もふつりと消えた。

魔道具が破壊されたのだ。

「森を出たら視界が開ける。そうしたら魔獣たちは走り出すんですよ。あっという間に王都には魔獣が溢れ抵抗もできないでしょう。魔獣たちがひたすら前進しながら目についた人間を襲うのです。もうこの国は終わりです」

レガード侯爵が薄く笑いながら言った。

「殿下、ここから避難を。安全な場所にお逃げください。ここは私どもがなんとかします」

将軍が進言した。

しかしサーカム・ギャレットは、くるりと部下たちの方に向かって毅然と言った。

「私に何かあってもフラットさえいれば、この国の王政に混乱はない。私は残る。フラットをただちに安全な場所へ！　王宮と王都のできるだけ大勢にも改めて至急の非難を呼びかけろ！　アスタリスク、君ももう避難してくれ。今までありがとう」

「何をおっしゃいます殿下。私も最後まで殿下と戦います」

アスタリスクは即答した。

愛する人のいなくなった世界を生きたいとは思わなかった。

生きるのも、死ぬのも一緒がいい。

しかしサーカム・ギャレットはコンウィ公爵に言った。

「コンウィ公爵、アスタリスクを連れて安全な場所へ」

「あー、しかし殿下、娘はもう私の言うことなど聞きませんのですよ。残念ながら娘がこう言っている限りは動きません。それに無理に避難させて一生恨まれるとか、絶対嫌ですわ。それに私も残りますし。ここで危機を収めなければ、どのみちさらに厳しい戦いが待っているのです。できるだけここで食い止めて国民の避難の時間を稼ぎましょう」

サーカム・ギャレットの言葉に、コンウィ公爵は穏やかな笑みを浮かべて言った。

本当は父なら人を使って力尽くでアスタリスクを避難させることもできただろう。

しかし父はアスタリスクの気持ちを汲んで、あえてアスタリスクの希望どおりにしてくれたのだとアスタリスクは感じた。

「僕ももちろん残りますよ。僕はサーカム殿下に仕えると決めたのです。殿下を見捨てて生き残るつもりはありません」

すかさずセディユがそう言うと、コンウィ公爵は胸を張って笑って言った。

「うーん、まあしょうがないですな。我がコンウィ公爵家には主を見捨てて逃げるような人間はいませんからな！」

（お父さま、ありがとう）

アスタリスクは跡取り息子の意志さえも尊重してくれた父の決断に感謝した。

だが、おめおめとここで全員死ぬわけにはいかない。

最後までできることをするのだ。

アスタリスクは火の鳥ドロップに言った。

「ドロップ、どこまで魔獣が来ているのか、見てきてちょうだい」

「ぴぃー！」

（わかったー！）

そして大きく燃え上がりながら、火の鳥ドロップはまた真っ暗な魔の森の上へと飛んで行った。

しかしドロップが空へ舞い上がったために空が少しだけ明るくなり、その光を通して魔の森の奥に土煙らしきものが舞い上がっているのが見えたのだった。

その土煙は、もうしばらくしたら森の外縁に到達するのではないかというほど近くなっていた。

「来るぞ！」

誰かが叫んだ。

「死んでも止めろ！」

うおおおー！　と森を囲んでいる軍から雄叫びが上がる。

しかしその土煙の量は、少なくともアスタリスクの想像の何倍もの魔獣の存在を示しているように思えた。

（魔の森にあんなに魔獣がいたなんて……！）

アスタリスクは戦慄した。

これは、森から出したら終わりだ――。

そのとき、サーカム・ギャレットは、アスタリスクに言った。

「これは一か八か、賭けるしかないかもしれないな」

そうしてサーカム・ギャレットは、アスタリスクに手短に説明をして指示を出した。

それを聞いたアスタリスクは、

「知らないわよ？　どうなっても」

そう言いながらも、それが一番いい策だろうと直感的に感じていた。

結果がどんなことになろうとも、王都に理性をなくした魔獣が溢れること以上に最悪なことなどないのだから。

「頼む。できるだけの協力はする」

そう言うサーカム・ギャレットに、アスタリスクはにっこりと微笑んで頷いた。

そして、できるだけ大きな声で、ドロップに命令した。

「ドロップ！　森の端を、燃やしなさい!!」

「ぴぃーー？」

（もやしていいのー？）

「いい！　軍隊の前の森の端だけ、燃やすのよ!!」

「ぴぃいーーーっ!!」

（いやっほー！　もやすぜー!!）

そう一声楽しげに鳴いた火の鳥ドロップは、今まで燃え上がっていた体の炎をさらに何倍にも大きくして、森と対峙していた軍隊の前を、それは優雅に楽しそうに、火の粉を雨のように振らせながら飛んだのだった。

巨大な火の塊が森の端を低空飛行していく。

本気を出したドロップの体はもはや炎の赤ではなく、さらに高温であろう青白い光を放っていた。

真っ暗だった夜の魔の森が、突如現れた小さな太陽に照らされたように美しい緑になった。

そんなドロップの体からは、常に大量の火の粉が降り注いでいる。粉というより、火の塊。

その塊たちが、森に落ちては枯れ草にでも引火したのだろうか、あちこちで炎を上げ始めたようだった。

「もっとだ。もっと燃やせ！　火の前にいる軍は後退！　火から逃げろ！」

サーカム・ギャレットの言葉を受けて、アスタリスクも叫ぶ。

「ドロップ！　もっとよ！　もっと、力いっぱい燃やして！　森の端を、完璧に火で覆って燃やすのよ！」

「ぴぃいいーーー‼」

（ひゃっはーー！　やってやるぜーー‼）

ドロップはかん高く即答すると、その燃え上がった体を森に沈めた。

ドロップに照らされていた森は暗くなり、森の中で小さな太陽のような火球が優雅に移動していく様子が漏れ出る閃光でわかった。

森の左端から右端へ。

ドロップが潜って飛んだその場所から、次々に火柱が上がる。

枯れ草どころか、生きている木の葉さえも瞬時に燃え上がっていくその火力は圧巻だった。

あっという間に火の壁が、魔の森の周囲に立ち上がった。

ごうごうと燃えさかる音と熱が、アスタリスクたちのいる場所まで伝わってくる。

動物は火を恐れる。

魔獣も怖がるだろうか？

固唾をのんで見守るアスタリスクたち陣営の人々。

火の熱から逃げるように大きく後退した軍の人たちが、燃える火の壁からそれでもぽつぽつと漏れ出てきた、おそらく大型の魔獣から逃げるようにして先頭を進んでいたであろう小動物の魔獣たちを仕留め始めていた。

大きな魔獣は、そのずっと後ろを進んでいたはず。

その大きな魔獣たちは目の前の火の壁を見て、理性を取り戻してくれるだろうか。

「止まったか……？」

サーカム・ギャレットが呟いた。

火の壁から逃げるように出てくる魔獣も減ってきたようだ。

「ぴぃいーー!!」

(ひゃっはー！　がんがんもやすぜ!!)

ドロップは絶好調だ。

楽しげに森を左右に往復しては火の壁を作り、その壁を森の奥へと移動させている。

「かえれ!!」

そこにセディユの声が、とんでもなく大きな声になって響き渡った。

「セディユ!?」

慌てて見ると、セディユが何か魔道具らしきものに向かって叫んでいた。

「森の奥へ！　帰るんだ！」

その声は軍に置かれたいくつもの魔道具によって拡声されて、ごうごうと燃えさかる火の壁の奥にまで届くだろう大きな音となって響きわたった。

サーカム・ギャレットが、アスタリスクの方を見てウインクした。

「彼のテイム能力は、四つ足に特に効果があるようですから。彼にも協力してもらいます」

それを聞いたアスタリスクは、あの宿の火災のときに犬や狼たちがセディユの言葉に反応していたことを思い出した。

アスタリスクには鳥たちが反応しやすいようだが、セディユには犬や他の動物たちが反応しやすいのかもしれない。

セディユは魔道具に向かって、ひたすら帰れと訴えていた。

「森の奥が住処だろう！　いい子だから元いた奥へ帰れ！」

「森の外は危険だとも伝えようか」

「森の外は、危険だから！　危ないから！　だから帰るんだ!!」

拡声されたセディユの声が、辺り一面にわんわんと響いていた。

「それにしてもうるさくない？」

アスタリスクが呆れて言うと。

「魔道具の拡声器を作って配置していたんですよ。もともとはここからの命令を素早く隅々に届かせるためのものだったんですが、こんな使い方ができるのも便利ですね。それにこれなら森林火災の音を越えて魔獣にも届くでしょう」

響き渡るセディユの叫びを聞き流しながら、サーカム・ギャレットは満足げに笑っていた。

よほど自分の作った魔道具の完成度が誇らしいのだろうと、そんなサーカム・ギャレットを見てアスタリスクは思った。

「かーえーれー!!　頼むから……」

だんだんとセディユの声が自棄っぱちというか、もの悲しさを醸し始めていた。

するとそのうち、炎のごうごうと燃える音の向こうから、

「わおーん……」

(やべー！　ひだよ！　こわいー)

「わおわおおーーーーん！」

(ひなんてごめんだ！　やってられねえおれはかえるぞー！)

「ひひいーーん！」

(ひがこっちくるよー！　あぶないよ！)

「ぶもう！　ぶも！」

(にげろ！　うしろへ！)

「がおおおんん!!」

(かえ〇×△※)

「うおおーーん！」

（×●△※○！）

などの雄叫びが聞こえてきた。

遠い上に聞き慣れない言葉のように意味不明なものもあったが、それは明らかに理性を取り戻しつつある魔獣たちの言葉のように聞こえた。

そのほとんどが眼前を火の壁に遮られた結果、危険と判断して仲間に逃げろ帰るぞと呼びかけしているようだ。

「帰るって言っている声がするわ」

アスタリスクが陣営の人たちに伝えた。

セディユは声が枯れそうになりながら、それでもまだ「帰れ」と呼びかけ続けていた。

そしてドロップがごうごうと燃え上がる巨大な火の壁を作り終わって満足したように空に舞い上がったときには、聞こえていた魔獣たちの声も遠ざかりほとんど聞こえなくなってきていた。

「ぴぃーーー」

（みんなもどっていくよーーー？）

上から見たらしいドロップが、そう鳴きながらアスタリスクのところに戻って来て言った。

「ぴぃ！」

（たくさんもやした！）

アスタリスクはそんな満足げなドロップをやさしく撫でて褒めてやった。

「そうよ、ドロップ。頑張ったわね。素晴らしい活躍だったわ。あとは魔獣たちがもっと遠くまで帰って行ったら、火を消して終わりね」

「ぴぃ？」

するとドロップは首をひねりながら、不思議そうに言った。

（え？　けす？　どうやるの？）

エピローグ

Epilogue

結局、ドロップの作った火の壁は魔の森の縁をこんがりと焼くだけではすまず、そのまま丸一昼夜燃え続け、魔の森の縁を何キロにも渡って後退させた後に鎮火された。

幸いなことに魔素を含んだ魔の森の木々は火に対して耐性が高かった上に、たまたま雨が降ったことで当初想定されたよりも少ない被害で鎮火することができた。

そして一連のサーカム・ギャレットの行動は「かめら」によって記録されており、そこにレガード侯爵の証言もしっかり残されていた。

そのためレガード侯爵の家は家宅捜索された上で、取り潰しが決まった。

レガード侯爵自身とフィーネの今後は、王と裁判が適正に裁いてくれるだろう。

フィーネの暴挙を理解して魂を抜かれたように茫然としていたフラット第二王子は元の元気を取り戻すのに少し時間がかかりそうだが、怪我などはしていないので王宮の奥で休んでいればそのうち復活するだろう。

アスタリスクはといえば、今回の騒動で魔獣火の鳥の所有者として国中に名を馳せてしまった結果、もはや社交界でアスタリスクに喧嘩を売るような迂闊な貴族は誰もいなくなった。

なにしろ何でも燃やしたがりの火の鳥が、いつ自分や自分の家に報復に現れるかなんて、そんなことは誰も心配したくないのだ。

しかもそんなアスタリスクの後ろには、未来の王がいるのだから。

編集された「かめら」による映像は貴族のみならず後に国民にも広く公開され、国民の誰もがサーカム・ギャレットが国を救ったことを正しく理解した。

その結果、サーカム・ギャレット第一王子は今回の厄災を無事に収めた英雄として、立太子が確実となった。

その公開された映像というのは、サーカム・ギャレットがレガード侯爵邸での混乱の報告を受けた時から始まる、長い長い記録である。

そしてその映像の最後に、ごうごうと燃えさかる巨大な火の壁を背景にアスタリスクの前に跪いたサーカム・ギャレット第一王子の姿と言葉が収められていた。

「勇敢なアスタリスク・コンウィ公爵令嬢。この国難を一緒に戦い、そして救ってくれてありがとう。やはり君はとても強く、とても心の美しい人だ。私は君と一緒にこの国をこれからも支えていきたいと思う。今ここで改めてお願いする。愛するアスタリスク、私と結婚してほしい」

それは、煌々と明るく燃えさかる火の壁により逆光となって、まるでシルエットのように浮かび上がる二人の姿だった。

跪き差し伸べた王子の手を、アスタリスクがそっと手を重ねて答えたその声も、炎の音に混じって完璧に記録されていた。

「ありがとうございます殿下。もちろんお受けします。ずっと一緒にいてくださいね」

そうアスタリスクが答えた後、立ち上がったサーカム・ギャレットがアスタリスクを抱き寄せたところで映像はふつりと終わる。

後にたくさんの人がそこで映像が終わっていることを激しく嘆いたが、その後の記録はいまだ公表されていない。

「あたりまえです！　そんな……キ、キスしているところなんて公表できるわけありません……っ！　無理っ……！」

アスタリスクは真っ赤になりながらぶつくさ言っていた。

満場一致で正式に婚約者となったアスタリスクは、付き添いに弟を連れて王宮に婚約者を訪ねてきたところだ。

そんなアスタリスクを愛おしそうに見つめながら自ら慣れた手つきでお茶のおかわりを注いでいたサーカム・ギャレットは、にっこりとしながらカップを差し出した。

「あなたがそう言うから、その映像は消しましたよ。あなたの望みならば致し方ありません。それであなたが少しでも安心できるのなら、喜んで」

「しかし姉さまの活躍は何度見てもすごいですよね。華やかなドレスがどんなによれて汚れようとも全く気にもかけずに火の鳥を操る姉さまが、とても格好良く撮れていて驚きました。あの姉さまが火の鳥と語らう姿は、もう神話の絵のようで」

「そう。初めて使うカメラばかりのはずなのに、あそこまでしっかり撮ってくれたのは本当に素晴らしい。あのカメラマンには褒美をやらなければと思っているところです。もしかしたら正式にカメラマンとして採用するべきかもしれない。彼はあまり喜ばないでしょうが」

「一体誰が撮っていたのでしょうか？　僕は全く気付きませんでした。サーカム殿下や姉さまをあれほど生き生きと美しく撮るなんて、もはや天賦の才能でしょう」

「私も全然気付かなかったわ。まさかあんな近くで映像を撮っていたなんて。それにあの状況でも逃げずに最後まで残ってくれたということでしょう？　映像だって動揺して揺れたりもしていない。すごいことだわ」

「それどころか常に冷静に姉さまと殿下を捉え続けているんですよ。普通にできることではありませんきっと」

「あの才能を潰してはいけないと俺も思っているところです。ただ彼が王室専属のカメラマンになることを引き受けてくれるかは……なにしろ熱烈な騎士志望なので」

「熱烈な騎士志望……まさか？」

アスタリスクは、ふと一人の人物を思い出していぶかしんだ。

だけれど貴重で重要な役割のある魔道具を、信頼できない人に預けるようなサーカム・ギャレットではないことも知っている。

彼がこの敵ばかりの中で大切な記録を任せようと思う人物。それは……。

「そう、ランドルフですよ。アーサー・ランドルフという男はとても誠実で信頼できる人物です。そして貴女のためなら命をも投げ出せる人物。とても素晴らしい得がたい部下です」

サーカム・ギャレットはにっこりとアスタリスクに笑いかけながら、慣れた手つきでアスタリスクの砂糖をお茶に入れた。

「まあ、わかりますわ。彼はとても真面目で信頼できる方です。でもそうですわね。彼は騎士志望でした。せっかくの才能が惜しいと私も……あら私、最近ちょっと太ったみたいなのでお砂糖は控えていますのよ」

「でも甘いのがお好きでしょう？　あなたならどんなに太っても俺は気にしませんよ。俺はあなたの笑顔さえ見られれば、それで十分幸せなんですから」

そんなことを言いながら熱く見つめ合っている恋人たちの傍らで、二人と同じく国の英雄となったはずのセディユが静かに、今日何度目かの限りなく自分の存在を無にする作業に入っていた。

予言された悪役令嬢は小鳥と謳う2
～王子になった専属執事に「俺は君を諦めない」と言われました～

吉高 花

2024年9月10日　第1刷発行

★定価はカバーに表示してあります

発行者　瓶子吉久
発行所　株式会社　集英社
〒101－8050　東京都千代田区一ツ橋2－5－10
03(3230)6229(編集)
03(3230)6393(販売／書店専用)　03(3230)6080(読者係)
印刷所　大日本印刷株式会社
編集協力　株式会社シュガーフォックス

ISBN978-4-08-632030-6　C0093

作品のご感想、ファンレターをお待ちしております。

あて先
〒101－8050　東京都千代田区一ツ橋2－5－10
集英社ダッシュエックスノベルf編集部　気付
吉高 花先生／氷堂れん先生